汤在阳城的传说

中国先秦史学会

《析城山文化丛书》编委会 编

文物出版社

封面设计　隗　伟

责任印制　陆　联

责任编辑　李　诤

图书在版编目（CIP）数据

商汤在阳城的传说／中国先秦史学会，《析城山文化丛书》编委会编. —北京：文物出版社，2012.8

（析城山文化丛书）

ISBN 978‐7‐5010‐3496‐3

Ⅰ.①商…　Ⅱ.①中…　②析…　Ⅲ.①神话—作品集—中国—当代　Ⅳ.①I277.5

中国版本图书馆 CIP 数据核字（2012）第 155598 号

商汤在阳城的传说

中 国 先 秦 史 学 会

《析城山文化丛书》编委会　编

*

文 物 出 版 社 出 版 发 行

（北京市东城区东直门内北小街 2 号楼）

http：//www.wenwu.com

E‐mail：web@ wenwu.com

北京盛天行健印刷有限公司印刷

新 华 书 店 经 销

850×1168　1/32　印张：3.25

2012 年 8 月第 1 版　2012 年 8 月第 1 次印刷

ISBN 978‐7‐5010‐3496‐3　定价：30.00 元

《析城山文化丛书》编委会

《商汤在阳城的传说》编委会

主　　编：范忠胜

执行主编：张学敏

编　　辑(以姓氏笔画为序)：

　　　王小圣　牛安胜　武忠明

前 言

　　晋豫之交，阳城境南析城山，亦称圣王坪，高广崇竣，酷似巨鼎，为古帝王祭天·祷雨之圣地，乃我中华古今之名山。古籍《尚书》、《淮南子》、《水经注》、《搜神记》、《太平寰宇记》均明昭其胜。今为兴发旅游业计而掘其文魂，史河取珠，特劫撷商汤祭祷析城之奇事，研而究之，以壮析城旅游之文化。

　　成汤为生民计，自责自勉，自强不息。夏桀无道而克之，天旱不雨而祈之。尤舍身祷雨之举，尽显重民轻君之道德，因而成为万代君主之楷模。

　　成汤王祷雨于桑林、祭天于析城乃不争之史实。历代以来阳城人为颂念成汤之功德，秉承春祈秋报之传统，或崇上或自发，尽其所能修建成汤庙宇遍布域内，其风格、规模、质地、密度并大量古碑碣志载，堪为国内之首。

　　由于阳城古为殷商京畿之地，又析城地貌之特别，民间将

1

其事理与地物相和，优美、动人之传说由此孕生，并代代相传。

商汤祷雨析城之史实烙印深刻，文化厚重，相关传说广博深邃，搜编工作非年深日久、博采细研而难得其要。我会刚入角色，时日尚浅，实难详备周全。然则，为迎接先秦史学会"全国商汤文化研讨现场会"孟秋于阳召开，先辑其冰山一角以备用。自酝酿选裁至定稿付梓，为时不盈三月，选辑相关传说三十一，并插之以山水古图，意求图文之并茂，从而乐之于读者。倘其能对读者诸君稍有益时，吾辈当自为深慰。

谨以此献芹于读者。

《析城山文化丛书》编委会

二〇一二年五月

目　录

龙须落地为草　泪洗胭粉成花

在阳城南部巍峨的析城山巅，生长着两种罕见的植物：一种是茎秆细长、娇柔翠绿的龙须草；一种是艳丽芬香，粉红欲滴的胭粉花。山里的人们，每提到龙须草和胭粉花，就会引出一段动人心魄的故事来。

传说，在那古代的商朝，汤王爷坐帝的开头，四海升平，国泰民安。谁知道他登基不久，天下大旱，五谷不生，赤地千里，一片荒凉。黎民百姓生活在死亡的边缘，时时刻刻盼望着老天下场透雨。

汤王是个贤惠有道的君主，爱民如子。他看到大地干旱、黎民遭殃的情景，更是焦急得废寝忘食，坐卧不安。一天，他又一次召集文武大臣商议此事。当大臣们席地坐定，他异常忧郁地说："国家有难，黎民有灾，君应安抚。如今天降旱魔，民不聊生，苦煞我也！众卿有何良策，解救黎民之苦，快快讲来。"说完伤心地落下眼泪来。

大臣们见汤王如此为黎民操心，有的愁眉苦脸，有的唉声叹气，略停片刻，便纷纷起奏，这个说："陛下，目前天下大旱，乃是劫数，非人力可以解决，只好听天由命。"那个说："荒旱，乃上苍降灾，陛下何不祈祷上苍，普降甘霖，拯救万民之苦？"只听又一个大臣说："臣想起一个地方，京畿内地桑林（指现在阳城南部一带），有个析城山，山巅有龙洞，内蓄神水，深不可测，闻说可通九江八河，是昔日祷雨的圣地，只是山高路陡，人马难行，不便前去。"汤王爷听后紧锁的眉头一下松开，激昂地说："为救黎民水火，刀山火海，朕亦在所不辞！"随即召太卜选定吉日，起驾出了都城。

一路上，汤王爷看到逃难的老百姓衣衫褴褛，面黄肌瘦，更加急不可待，不顾饥渴劳累，不顾赤日曝晒，恨不得一步跨到目的地。他和大臣们攀登了九十九重高山，穿过了九十九道深沟，累得精疲力竭，才到了析城山巅。

上得山来，汤王爷舒展双眉一看，只见山顶平坦，四边隆起，周围四十里，视野宽明，酷似一座巨大的神鼎，顿时觉得异常兴奋，说道："好一座神山！"于是谕旨侍从给他沐浴更衣，率领群臣们在黑龙洞前设立祭坛，焚香叩头，祈求老天下雨。

他祭了又祭，拜了又拜，一连祈祷了七天七夜，依然是红日高照，不见一丝儿云气。汤王爷一筹莫展，愁绪更添，只见他捶胸顿足，失声痛哭起来了，他边哭泣，边向老天哀告："苍天，苍天，朕等不远千里而来，诚心祈求，为何点雨不舍？如若朕有负于天，天治罪孽便是，朕愿粉身碎骨赎罪，来拯救普天下之生灵……"，他想，祈不来雨是自己得罪了老天，连累了黎民百姓，便让大臣们给他堆起一个大柴堆，准备焚身一死。

柴堆好了，他看了看无情的苍天、赤日，看了看匍伏在地上的老百姓，又看了看无能为力的自己，便咬了咬牙，狠了狠心，一股劲儿地爬上了柴堆，悲愤交加地命令大臣们："四周点火！"

大臣们悲痛地把火点着了，不一阵儿火势汹汹直冲云天，烟雾弥漫，直透九霄，火苗直向他扑来，烧着了他的身子，烧着了他的头发，特别是他那三绺长须，被火烧掉后，又被狂风吹洒了满山，烧得他呼天叫地。疼痛中，他仰起头来再次向苍天哀求："苍——天啊——降——雨"。

说也奇怪，就在这时候，突然一声惊雷，乌云四起，倾盆大雨直泼下来。一霎时，扑灭了熊熊大火。可是，汤王爷已被烧得不省人事了。大臣们蜂拥上前，急忙把他从火堆里抬出来，大声喊叫着："大王，醒来！大王，醒来！"

一忽儿，汤王爷睁了睁眼，呼了一口气。口里还在喃喃地叫着："苍天，降雨！"大臣们齐声说道："大王，苍天已降甘霖！"他一听说天已降了雨，急忙睁大眼睛看了看四周，只见那尺把深的雨水正在流动，便情不自禁地笑了笑说："普天下之民得救了，朕死也瞑目！"大臣们也由愁转喜，慢慢地把他扶上车辇，到山下行宫里治疗烧伤去了。

汤王爷焚身祷雨的消息传到京城皇宫里，娘娘呼天叫地哭个不停，她急忙叫了侍卫备了千里骏马，昼夜不停地直奔析城山来。到山顶一看，只见那里有堆被火烧过的柴草堆，却不见汤王爷和大臣们的影儿。她想，汤王爷一定是焚身归天了，便禁不住嚎啕大哭起来。她死去活来地哭了三天三夜，直哭得眼泪流成了河，脸上的胭脂、官粉，被泪水冲得满山都是。

娘娘正在痛不欲生的时候，只见一伙布衣褴褛的人，带着祭品走上山来。侍卫们急忙上前询问，才知道汤王爷还活着，而且在行宫里养好了烧伤，已起驾回朝了。这些百姓，因老天普降了透雨，都来祭祀还愿。侍卫们向娘娘禀奏了这些情况，她立刻转忧为喜，向苍天拜了七七四十九拜，才起身上马，欢欢喜喜回了都城。

百姓们的祭祀刚刚结束，只见山顶上到处长满了一丛一丛像胡须一样的细草和一束一束粉红色的小花，大家惊奇不已。从此以后，人们就都说，那草是汤王爷被火烧掉的胡须变的，所以叫龙须草。那花是娘娘脸上被泪水冲刷的官粉、胭脂变的，所以叫胭粉花。

后来的人们，为了纪念汤王祷雨的事迹，把析城山叫做圣王坪，并在山顶修起了一座汤王庙。

汤池盈竭兆吉凶

据史书记载："析城山顶有汤王池，相传成汤祷雨处。"汤王池是圣王坪游览最佳的地方，列为圣王坪风景名胜区景点之首。为啥又叫作娘娘池呢？相传着在成汤王祷雨时与娘娘有关的一个故事。

娘娘池，位于圣王坪中央，东依今汤庙，西靠古庙址，北托庙圪堆，南挨旗杆岭。据传说，这里原先是一个很大的毒龙窝，口大底小圆锥形的底部，西南角上有一眼天井，井里一泓清泉，玲沁溶溶，常蓄不绝，饮至肺腑，能治百病。井泉四境丛密的青光草，油不绿绿，厚圪喃喃，炒菜配饭很香，是山珍海味里挑不到的佳肴。自成汤王来坪祷雨应灵，落下一场倾盆大雨之后，满坪的沟沟渠渠里天雨成溪，在干枯的草丛里涓涓地向低处奔流，都流进了这个毒龙窝里。雨水冲涮的泥土堵塞住天井，越蓄水位越上涨，成为一个山顶美丽的天池湖泊，鸟翔蝶飞于上，白天红日倒映其中，夜间平湖观月。成为观赏游乐的胜景。

　　却说汤王娘娘随汤王析城牧马，常沐浴池边，梳妆打扮于池水，游乐散步于池旁，汤王池成为娘娘常来常往的地方，游水洗衣每日到此。这样一来二去人们把汤王池就叫成了娘娘池。

　　相传，娘娘池的名子一直叫到清朝道光末期，出现了一件惊心动魄的奇事：光天化日之下，一道彩虹从池中升起，汤庙道士望见彩虹中两位侍女扶着一位女神向西天而去。说话间，只见娘娘池水像滚开的热水沸腾起来，滚滚翻腾，盘旋而下，震动得山摇地崩。道士们都惊呆了，不知如何是好。有人发现庙背谷垒洞洪水暴发，咆哮着冲向县城，娘娘池漏底见天，人们以为是不祥之兆。去向天师卜课，说是圣王坪的三十六位天罡神和七十二个地煞神作乱，世道有变。时隔不久，宣宗驾崩，文宗幼主即位，也算改了天盘，证明天师卜的课灵应。谁能料想到，新主即位不满三年，太平军围了怀庆府，逼近泽州府，阳城县城戒严，封锁南山名关隘，驻军设卡防守。咸丰四年，爆发了以碾腰王发囤、碑岭李聚泰、上义赵连城为头目的闹盐粮运动，他们三人原是在成汤庙结拜下的异姓兄弟，也算汤庙三结义。闹得官府不得安宁，动用御林军平息下去，才了结了这场事变。从此，娘娘池又慢慢恢复了原来的面貌。

道士点羊运铁瓦

　　圣王坪顶正中央偏北的娘娘池东岸，地势平坦，依山傍池，修建着成汤东庙。当年建筑这座庙时，有一个动人的故事。

　　传说在唐宋期间，娘娘池西岸的旧汤庙经常遭火灾，住庙老道士请阴阳先生看后，说坐在无音玄上，需迁址。才给选定了池东这块风水宝地。动工修庙用的铁瓦，每块长二尺，宽八寸，二十斤重，琉璃脊瓦更重。要从北安阳和后则腰往坪顶上运，往返170华里，尽是过河爬山的羊肠小道。一人背两块铁瓦，翻山越岭，三天才可运一趟。各个里社的民夫叫苦连天，工头和老道发了愁。

　　东汤庙修到封顶瓦坡时，铁瓦和琉璃运到工地的还不够三分之一，工头和老道急得坐立不安，怎么办呢？这时，附近山洞里修仙的一个神道，看见民夫们确实累得够苦，很不忍心，就产生了同情心。摇身一变，变成了一个放羊的小羊倌，赶着一群山羊，从山背后转到坪里，一直赶到娘娘池边饮水。时值晌午，烈日当头，地上像火烫一样热。运铁瓦的民夫们个个累得头昏眼花，气喘吁吁，汗流浃背。看到这种情景，小羊工难受得大声哭了起来，身边的羊群也"咩咩咩"地叫起来。那哭声、叫声交织在一起十分凄惨，周围人听了不寒而栗，感染得民们也跟着哭了起来。

老道见羊工之举，不但耽误了他修庙，而且在工地号啕大哭，感到不吉利，气得勃然大怒，严厉喝道："胆大的牧羊贱民，敢在我工地动哭声，煽动人心，该当何罪？"

羊工面无惧色，止住哭声，不慌不忙地对老道说："长老息怒，我也是想到修庙之事太浪费人力，苦了民夫，又不能如期完工才气哭了。"

"说的倒好听，不用时间，不出力能修起吗？"

"我有一妙法，不知长老愿不愿意采纳？"

"快快讲来！"

"我现有山羊千只，坪上十二个羊场上万余只羊，这些山羊运铁瓦，一只驮一个，一次就全运回来了，何必发愁兴师动众呢？"

听了羊工的话，老道摇摇头说："笑话，你这贱民出的何等主意，敢戏弄本道，把羊赶上快滚开！"

羊工仍在苦苦恳求说："长老，你出家修行之人怎么口出不逊之言？让我试一试，如果不成功，我便以命相抵。"说得老道理屈词穷，无从答辩，只好依从羊工去办。又强调说："从你去办，假如运不回来铁瓦，误了瓦坡，将你和这些山羊杀的一个不留！"

羊工一听，反问道："如期完成呢？"

"我将启请上司，封你这草民为官，你的羊列为六畜之数。"

羊工回到山洞里，夜间繁星出全，施出神法，招来十二个羊场的山羊说道："大家听命，成年累月吃公草，饮神水，都膘肥体壮。要知这是山神道仙的照顾，今因新修汤庙，借助大伙之力运运铁瓦可否？"山羊一呼百应，三更出发，一只羊驮一块，五更时分全运到工地上。早晨，老道和工头一见，万分惊讶。十二个羊场的牧羊工开门放羊，见羊一个不少，都卧在圈里嚼沫休息。

老道和工头到处找那个羊工，要表示感谢，哪里也找不见，新汤庙竣工后，塑起汤王、山神的神像。老道梦见先祖神道赶着满山遍野的山羊，驮着玉瓦走来，求他论功行赏。惊醒后，拜汤王和山神土地，封羊工为"羊官"，把山羊列入六畜之内，定阴历六月六日为"羊工"纪念日，一直流传至今。

汤王驻跸丈母村

　　南岭村在圣王坪北门相对的中华山下，属今驾岭乡，位于乡南沟底村。古时，这里山环水绕，苍翠鱼游，是个风景秀丽的风水宝地。在盘龙卧虎的谷堆上有座汤王庙，庙里有十二根方棱四正的石柱。正殿檐廊的四根石柱上精雕细刻着四条庙联：

　　旁联：允执厥中上承尧舜之道统，

　　　　　愁昭大德下开文武之心傅。

　　内联：圣德日新道衍中天十六字，

　　　　　神功丕著泽流九有亿万年。

　　南岭庙碑曰："汤之庙祀遍一邑焉，山之麓有聚落曰岭村，中有汤帝行宫，创建之始莫详。"庙联和碑记可以看出析城数百里之内为汤王祷雨之处。

　　相传南岭村还有一座祠堂楼，楼上古式门窗，油画美观，是汤王木雕圣像安放的地方。为什么又叫走像呢？

传说商部落原来居住在黄河以北，放牧为生，经常迁移。据说也曾游牧来到析城山，那个有莘国大概就是这里，反正汤王巡游到有莘国，娶下有莘王的女儿为妻，随妻子陪嫁来一个奴隶，是出生在伊水之滨的老桑树空心洞里，不长眉毛和胡须，这个怪孩子就是伊尹，后来做了汤王的丞相，才帮助他灭夏建立商朝，辅佐他当上了商王，人们称为商汤王。汤王在位七年大旱，祷雨析城应灵，救活了天下百姓，都为他歌功颂德，到处修建商汤庙，塑像供奉为神。

一说商汤王的妻子是南岭村人氏，圣王坪商汤庙建起后，一年两次庙会，春祈秋报从不间断，每次庙会老道都要事先通知南岭老社，在南岭庙给汤王送三天戏，把汤王木像用花轿抬着送往坪上庙里，安放在汤王泥像前，受百姓的香烟。庙会结束老道组织道士送回南岭，村民在村头迎接进村，重新安放于祠堂楼上供奉起来。说是汤王回了娘家，抬的这尊木像就叫走像。

这尊走像来之不易，宋元年间，发了一次洪灾，洪水从温沟山谷里咆哮而来，冲下一棵大杨树，被洪水冲刷得枝折掉皮，横在南岭下河出口处，洪水再也冲不动了。当晚村里老社梦见汤王在洪水里挣扎着呼喊抢救，惊醒后吓的全身冒冷汗，翻来覆去再也睡不着。天刚发亮，待村民跑到梦中汤王呼救的地方寻找，啥也没找到，只有白光光、直通通的一截粗大的杨木，抬回村找来能工巧匠，用了一月的功夫，精雕细刻成一尊商汤王的木像，油漆描绘后，放入庙里全村人祭祀。而后，全村人合资在村里专门为商汤王木像修了一座祠堂楼阁。大家认为，既是商汤王的娘家，还能让女婿受罪不成？何况女婿做了商朝之王，永远是荣耀门第的光荣。于是祖祖辈辈一直把商汤王像供养在楼阁里。

奇才伊尹助汤王

圣王坪娘娘池西岸是成汤古庙遗址，古庙堂殿塑有成汤王和尹神仙的像。说起尹神仙来，与成汤王有一段离合传奇的故事。

相传，很古的时候，东部有个小国叫有莘国，有莘国的伊水岸边，住着一个身怀有孕的农妇。一天晚上，梦见一位神仙说："舂米臼出了水就向东边走，千万不要回头看。"第二天舂米臼果然出水了，她把神仙向她说的话，赶快转告邻居们，自己照神仙吩咐的方向朝东走，邻居们相信的跟着跑，不信的呆在家里不动。急得她没办法，走出十多里，惦记着家园的人们，忍不住回头一看——啊呀！家园已淹没在汪洋大水之中，洪涛巨浪追踪而来，吓得她高举双手想呐喊狂呼，不料声音未出喉咙，就变成一株空心老桑树，屹立于洪水中央，抵挡住激流，水从她身边退去。过了几天，一位采桑姑娘提着篮子到桑林采桑，忽然听见婴儿啼哭，寻声找去，发现空心老桑肚里睡着红扑扑的婴儿，赤身露体，摇手蹬足，张嘴哭泣。姑娘觉得奇怪，便抱回去献给了国王，国王叫厨师带去抚养着，当查清孩子的母亲原住在伊水岸边，取名叫尹，所以人们叫他"伊尹"。

伊尹很聪明，在厨师的抚养下长大，学会做饭菜，国王就让他当厨子。由于勤学好问，又命他兼任宫廷教师，教有莘王的女儿读书。在汤王巡游到有莘国时，听说有莘王的女儿美丽贤淑，便要娶为妻室，有莘王知道成汤贤德，按当时婚礼把女儿嫁送过去。伊尹自愿请求做陪嫁的奴隶，有莘王本来并不重视这个出生在伊水桑树里、脸孔不长眉毛和胡须的怪孩子，女儿却很喜爱，就答应了女儿的要求，当做陪嫁的奴隶送过去。

伊尹到汤王那里，教师的本领一时用不着，厨师的手艺却可以表现。于是这黑皮肤矮个子的伊尹借办喜事，在厨房里尽量使手段把手艺表现出来，每次都受到汤王宾客的称赞。一次汤王召见伊尹，抱负不凡的伊尹对着汤王，从山珍海味烹调说起，一直到治国平天下的大事，口若悬河，滔滔不绝。汤王只觉得这个青年能干，有才华，但并未提升重用。日子长了，伊尹自觉在汤王手下很屈才，就跑去投奔夏桀。在夏桀那里不过做了小小的御膳官，但夏桀荒淫无道使他头疼不已。

桀有个贴心贤臣关龙逄，因桀造酒池，向桀直言进谏，被桀拘囚杀掉。当桀在瑶台欢聚之时，伊尹祝酒时，谏诤桀说：

"君王不听我的话，国家早晚要灭亡！"桀一听，拍桌子斥责："你又在妖言惑众了！我有天下，像天上有太阳，谁见过太阳会灭亡？简直胡说八道！"

伊尹见昏王执迷不悟，只得闷闷不乐地回到住所。听到街市上到处唱着一首古怪的歌儿："何不去到亳？亳也够大啦！"伊尹心想，亳就是汤王的都城，为啥这里的人们都唱起"去到亳"的歌来呢？莫非成汤王真是深得人心的贤王，连夏人都向往他了吗？半夜里又听到有人用慷慨而悲壮的音调唱道："醒来啊，醒来啊！我的命运确定了，抛掉黑暗，追求光明，哪还有什么忧愁不快乐？"伊尹一听，心里豁然开朗，深感后悔，从前离开汤王，来做夏桀之臣真是失算了。于是打定主意，连夜收拾了一点简单的行李，天刚亮，叫来一辆骡车坐上，离开夏的京都邹，回到汤王的都城亳。

汤王的仁德已经感动了天下，纷纷来归附他，一下子就有四个小方国。夏桀感到对他威胁很大，但仍胡作非为，甚至把宫院养的老虎放入市场狂奔吃人，以此为娱乐。汤王闻知难过，去给无辜受害者哭吊。桀恼怒汤王，把汤王囚禁水牢，差点弄死。后来商臣给爱财的夏桀送了大量的财宝，才把汤王释放了。

不久，西南一个小国给夏桀献来两个美女，桀爱不释手，将原来的宠妃妹喜抛入冷宫，妹喜忍受不了这种待遇，就暗地里派人结交伊尹，把夏桀方面的机密情报，都告诉了伊尹。伊尹这时受了汤王重用当上丞相，正想帮汤王夺天下，妹喜雪中送炭，于是他们里应外合，加上天神相助，把夏桀从京城追到山西鸣条（安邑），又一直追到安徽南巢。桀临死深恨自己不该释放汤王，落了个后悔不及！

尹神仙坐海眼

　　圣王坪娘娘池西岸，砖头瓦块堆积的秃顶丘陵，是最早的成汤王庙遗址。传说庙的大雄宝殿里，塑有"汤王爷、山神爷、尹神仙"三尊大像。尹神仙何许人也？还得从头说起。

　　相传，汤王是商朝第 14 世首领，也叫商汤、成汤、天乙。是个很有能力的君主，他把商已治理成一个强大的游牧大国。他看到夏朝末王十分腐败，决定要推翻夏王的统治。没有谋士，就起用他的伙夫伊尹为丞相，辅佐他起兵攻夏。伊尹原是陪嫁娘娘的一个奴隶，不但很会做菜，而且善于用兵。指挥部落的兵马先后在鸣条大破夏军，终于灭夏建商，成为中国历史上第二个奴隶制国家。

　　商汤称王以后，共做了十三年帝，就大旱了七年。赤地千里，土焦石化，为解救天下百姓，汤王听了伊尹的良策，赴汤蹈火祷雨于析城，感动了上天降落喜雨。从此，才安定了民心。人们为纪念汤王祷雨的功劳，在圣王坪修了这座汤王庙。

庙建好后，该塑谁的像呢？汤王掌殿是名正言顺的，那左右两厢该排谁呢？大家进行了一番议论，最后以功劳大小塑起了山神爷和尹神仙。

且说尹神仙坐海眼的故事。

据说，汤王死后，伊尹又先后辅佐汤王的子孙相继王位。那时，伊尹已是年迈苍苍的老头儿，他感觉力不从心，便告老还乡。汤王的后裔不敢违祖宗之意，在今阳城尹家沟给了他一块封地，供他养老送终。伊尹为相清廉，忠心报国，已是三朝元老了，无扎锥之业。在汤王任用为丞相后，因家贫娶不起老婆，当了个上门女婿，所以该村姓尹的都称他老姑父。伊尹归村后，已是年近百岁的老人，脑子有些糊涂，疯疯癫癫，游手好闲。不知中了哪路邪气，几年功夫，封给他的地也卖的吃光了，只留下三孔破窑洞，几口旧缸。但他仍是逍遥自在，吃了上顿没下顿。一个“尹”字分不开，老姑父上门不借又不行。外债越来越多，一进腊月讨债的上门，十有九回不见面。碰上一面，一问三没有。并说：“欠帐不歔，见官无罪，去告吧！”谁也拿他没办法。

这年腊月，眼看逼债的又要上门了，老婆愁得团团转。伊尹告诉老婆说：“怕什么，还是那句话，让他告去吧！”老婆气得说：“老尹呀！人家救了咱的命，老用那话顶着，也太不像话，还是去想点别的办法吧。”他很和气地劝说道：“好好好，有办法，讨债的再上门，你把我扣到咱那口石缸下。"

话音刚落，有人叩大门。伊尹火速蹲在缸边，让老婆搬倒缸，把他扣了进去。老婆赶快去开大门，迎面闯进来的正是村里头号财主的狗腿，如狼似虎地用棍指着老尹老婆鼻子直问："老尹在家吗？东家让他去交款。"吃了人的嘴短，欠下人的理短。问得老婆张口结舌，答不上来。狗腿又喊："老尹？"忽然缸下应声："谁呀？我在这里。"狗腿一边搬缸一边骂："躲到缸底顶屁用！躲过初一，躲不过十五，走了和尚走不了庙。"掀开缸不见人影。又喊道："老尹？这不是同你耍笑，到底你在哪儿？"不见回话，狗腿气不打一处出来，又把缸扣下，一问又在缸里应声，翻起啥也没有。狗腿子发了火，难道这穷光蛋还会遮眼法，一气之下把缸砸的稀巴烂，缸片撒了满地。狗腿子怒气冲冲地又喊："老尹！"每块缸片都会应声，异口同声地说："回去告诉你东家，欠帐不欶，不该砸烂缸，逼得我无藏身之地，看该咋办？"狗腿觉得老尹反咬一口，回去不好交待。正欲走，又被老尹叫了回来说："顺便给村上姓尹的捎个口信，说我去圣王坪避难了。穷人有难尽管找，塌天大事我也管；富人有难别去找，欺穷强弱罪难逃！"这下把狗腿吓得魂不附体，垂头丧气的回去向东家说了一遍，怕老尹的灵魂怪罪自己，急急忙忙挨家挨户通知了姓尹的一遍，都赶来看个究竟。烂窑洞里满地缸片还是老样子，就是老尹不见了。

转眼百把年过去了，这件怪事只当故事传说，没人在意。谁都不会相信伊尹这穷光蛋会变成神仙。有一年遇上大旱，造成人吃人的塌天大祸。求神神不灵，拜地地不应，个个急得坐立不安，忽然有人想起传说中尹神仙当年吩咐的话来。就去了一伙人，到圣王坪，搬起老姑父"尹神仙"的塑像，在屁股底刨起海眼来。说来也怪，刨到海眼打过潭，当晚下山住在"尹神仙"娘家护驾村，果然渐渐沥沥下了一夜喜雨，都喜出望外。

万万没有想到，不幸的事发生了。天亮正准备上路回尹家沟去，一家财主的孤儿突如其来发病身亡。这如何是好，只好装入棺材，抬着回村安葬。从此，尹家沟人再不到圣王坪去祷雨了。特别是村里的财主最害怕，只求儿女成群，不求孤儿成龙，怕龙王引跑了。一遇天旱成灾，祷雨改成到崦山去求白龙爷，再不到坪上祈求尹神仙了。

尹家沟的村名来源于伊尹，是伊尹的封地，以名封姓，大都姓尹。这个故事在尹氏家族中一直流传着。

汤王庙里三结义

　　圣主坪东汤庙依山傍池，坐北朝南，进入庙内，四合院规模宏伟。凿磨的青石方块铺地，一色崭崭新。汤王大殿高大美观，琉璃屋脊，铁瓦盖顶，殿内宽敞，木柱林立；走廊过道油画不凡。四根石柱均匀排列，中间两根雕刻有庙联："桑林祈祷千古共传六事雨，苞蘖尽除万载犹忆一征云。"檐前高挂"汤王行宫"匾额，殿后塑有三尊神像，从左到右分别为：都土爷、汤王爷、山神爷。殿前廊台下中央，摆放着用青石精雕细刻的一个长方形大香炉，这个大香炉向你叙述着一个桃园结义的故事。是谁曾在这里烧香叩头结为义兄弟呢？他们是清朝咸丰年间闹盐粮的赵连城、王发囤、李聚泰三个首领。

　　传说在道光年间，赵、王、李三个好汉，都是阳城县有头面的人物，里社办事都少不了他们抛头露面。赵连城是上义人，王发囤是碾腰人，李聚泰是碑岭人。他们三人不但有社交关系，而且有亲戚关系，交往中情投意合，结为烧香弟兄。

据说，趁圣王坪庙会结义时，曾为兄弟排行发生过一番争议。李聚泰抢先发言说："我为武林高手，远近有名，该为兄长！"王发囤接着说："我力大无比，武功高强，应为兄长！"赵连城也不相让："我胸怀大志，腹有谋略，无疑为长！"

争议了半天，没吵出个结果。连城看着石香炉足有三百斤重，就指着香炉说："我们试试看，看谁能把它举向天空或压入地底，谁为兄长，大家就应尊称首领，永远听从。"

聚泰抢先一步上到香炉边，两腿蹬开，手抓两头，刚端到胸前，叫声"哎呀！不好"，慌忙放回原地，又双手使劲向下按，也按不下去，转身说："只有看你们的啦！"

发囤起身走上前去，卖力按了一下，降入地下半截，再也不动了，又劈开双腿，抓住两头一下端的超过了头顶，再也举不上去，只好放了下来，想着起码不当老三。

连城轻盈一笑，起身稳步上前，点燃一把香火，朝天地各拜三拜，念念有词地求都土山神相助，把香插入炉中，退后三步，盘腿一坐，合手闭眼，安安稳稳。说来也怪，忽见那香炉冉冉升起，直升得和"汤王行宫"匾额一般高，又徐徐降落。只见一着地，猛然遁入土中，瞬息间归放原地。聚泰和发囤两个人四只眼看得清清楚楚，连连拜谢，连城也不见怪，痛快地说："三人一条心，黄土变金，只要你俩能像桃园三结义里的张飞、关公那样，我也就知足了！"聚泰、发囤无话可说。

就这样，连城领着每人一柱香插入香炉，跪下叩头发誓结为烧香兄弟。两人心悦诚服地尊连城为兄长，甘心为连城的左膀右臂，闹盐粮被连城封他们为左右丞相，虽然被清廷斩首于太原府，但他们齐心合力与贪官斗争的精神却永远铭记在阳城人民心中。他们在汤殿三结义的故事也一直在民间流传至今。

析城山的棠梨树

　　析城山亦名圣王坪，山顶有汤帝庙一座，坪周围四十里宽大，花草遍地无乔木，唯有棠梨树三棵。传说过去看庙者在山门口扫地，忽见有三个书生携手相游。看庙者问他们姓啥？他们异口同声地回答："姓唐"，说完便走进了庙内，好久不见出来。看庙者回庙内去寻，奇怪，那三个书生却踪迹不见。他们又寻至庙外，忽见有三棵高大的棠梨树，屹立在门口，还开着浓郁芬香的白花。他十分惊奇。

　　阳城八景之一的"析城乔木"就指的是这三棵棠梨树，一棵粗大，四五人抱不住，其余两株次之。每年秋天，果实累累，味道香甜，是当地人制醋的特料。这三棵棠梨树，现在已见不到了，据说是国民党军队放火烧掉的。如今，析城山周围的棠梨树就是这三颗树上的种子泛滥开的，所结棠梨，是远近闻名的山中美味。汤庙西边毛道渠的棠梨，尤为上好。

圣王坪上米粉花

阳城县西交境内有一个方圆四十里大的草坪，叫圣王坪，坪内有一种粉红色的小花，小巧鲜丽，香味浓郁，格外招人喜爱。当地人称它为"米粉花"。说起米粉花，这里的村民们就不由得想起一个古老而又奇妙的故事来。

相传，汤帝在圣王坪逗留期间，一日同娘娘出外游山玩水归来，走到一个叫做不生长（今北生长村）的村庄，娘娘突然按着肚子喊痛，不一会儿额头汗如雨下，柳眉拧成了个疙瘩。汤帝见了，大吃一惊，心想：娘娘本来身怀有孕，莫非是疲劳过度，要提前分娩？于是急忙传令落轿，随行御医也快步上前诊断，回报说："恭喜恭喜，娘娘要临盆了。"汤帝正要答话，忽见娘娘两腮泛红，转眼间腰不酸，肚不痛，打了个哈欠，揉了揉双眼，像是做了一个什么好梦，甜甜地笑了。众人好生奇怪。汤帝命令火速回宫。

谁知行不上三里，到了一个叫做难生长（今南生长村）

的地方，娘娘又忽然按着肚子喊痛，四肢无力，浑身沉重，症状如前一般。汤帝只得下令停止前进，又叫随从在路口搭起一个布棚，把娘娘抬了进去。御医近前来，只见娘娘先是咬牙忍痛，接着呼天喊地，后来不言不语，只听得呼哧呼哧直喘气。御医急报汤帝说："娘娘要临盆了，眼见得是难产。"汤帝听了，心急如焚。

御医一阵忙乱，开始动手接生。谢天谢地！过了半晌，婴儿总算露出了他那颗圆圆的小脑瓜。众人一阵欢呼，汤帝才放下心来。

不想，婴儿自从露出脑袋，似乎后悔不该来到人间，再也不想探前一步。娘娘呢，已是累得精疲力竭，昏过去了。御医见势不妙，使出了浑身的招儿，可是丝毫不起作用，汤帝急得破口大骂，众人吓得目瞪口呆，然而谁也没有办法。

人命关天啊！汤帝急忙命令写下榜示，四处张贴："……谁能救得娘娘一命，是百姓的封官入朝；是官吏的连升三级。谁能救得娘娘母子二命，不分男女老少，与汤帝共坐江山，同享荣华……"

接着，汤帝又命令宫人，四下去访名医。宫人们分头行事去了。汤帝眼巴巴望着渐渐暗下来的天色，坐立不安。

天黑时分，派出去的人陆续转回，一一说道："荒郊野外，没有名医，也无良药。"汤帝听罢，仰天长叹，心中发出一声绝望的喊叫："天哪！娘娘母子完了！"

正在这当儿，忽听宫人禀报："门外有一老者要见圣上。"汤帝连忙吩咐召见。

在通明的火把光亮里，一个白胡子老人走进了布棚。汤帝抬头一看，只见来人身穿长袖粗布衣，脚蹬圆头蒿布鞋，年已古稀不见老，浑身上下带精神。

"请问先生……"

老人微微一笑，截住汤帝的话头，反问道："娘娘母子怎样？"

汤帝陪老人来到娘娘身边，老人俯下身子，拨开娘娘的眼皮看了看，又按了脉，然后从神筒里取出一束粉红色的小花来。立时，浓郁的芳香溢满了整个布棚。棚里的人随之耳聪目明，神清气爽，一个个啧啧称赞，连声惊叹。

"这是什么花？"汤帝问。

"米粉花。"老人把小花轻轻地放在娘娘的鼻子底下。

片刻，娘娘喉咙咳了一下，慢慢地睁开了眼睛。众人"啊"地一声，悬着的心这才一起落回了实处。

过了一袋烟功夫，娘娘完全清醒过来了。老人又将娘娘的四肢推拿了一番，"哇"，婴儿终于出世了。

布棚里如同开了锅的水，顿时欢腾起来。这时候，老人趁无人注意，抬脚便走，却被汤帝发觉，一把拉住了胳膊："老人家，且慢走。我已有言在先，不可失信于人。"执意要老人与他同坐江山，共享荣华。相劝再三，老人只是摇头微笑道："老汉如若贪图享乐，理应前来揭榜。可是，功名利禄算得了什么呢？荒野为家，救死扶伤，其乐无穷。"说完，匆匆走出了布棚。

众人的心被老人的一席话深深地打动了。大家谁也想不到在这荒山僻野中竟有这等医术高明，心灵纯正的人。

第二天一早，汤帝携带米粉花从东门登上圣王坪，回到行宫。立即命令花工将此花插入瓶中，精心养护。不几天，米粉花更加鲜丽，底部也生出了须根。汤帝又发下一道命令，叫人将花栽在圣王坪上。真是一枝入土，万花攒动。过月余，一簇簇、一丛丛的米粉花破土而出，开满了整个圣王坪，坪上坪下，清香醉人。汤帝惊喜万分。为了表彰当地民风，追念那位行医老人，特意又修书各地，行文全国：

"……米粉花只许在圣王坪上繁衍生长，供村民百姓劳余赏玩，解乏提神，不准任何人移栽它方，违者从重处罚……"

所以，直到现在，此花仍然独放圣王坪。每到春、夏、秋三季，坪上便成了粉红色的海洋。多有好奇者试图移栽，却屡屡失败。

禹井与汤凹

　　圣王坪万亩原野里，四周高中间低，尽是高低不平的丘陵洼池。深洼里有数不清的无底石洞，人称"天井"。为啥叫"井"呢？且说一个神话传说。

　　相传上古时候，普天下闹过一次大水灾。地上成了一片汪洋，连高山森林都淹没了，天皇派大禹去治理，还有神龙跟随大禹治理了十三个年头，终于把洪水治理下去。有一天，大禹去巡视九州，看看到底还有没有漏洞。他到冀州之野，看到中条山里的百姓又黑又瘦，穿的破烂，吃的是树皮草根，感到非常不安。心想天下百姓已安居乐业，过上较好的生活，为啥这里仍这么苦呢？找了个长老打听，才知这里洪水治得只露出了山头，各个山沟大壑仍被洪水占领着，人们无地耕种，都集中在山头上扒树皮，挖草根维持生命，树皮草根也快吃完了。

　　大禹听了长老的话，对大家说："我父围堵治水没有成功，反而造成了眼前的害祸，现在该如何办才能使洪水不泛滥?"有人建议说:"应该疏导。"大禹听了点点头,表示很赞成:"对!我们要凿山开道,引水向低处流,让它向大河海洋流去,水灾才会消除。"他领着神龙和力大无比的天兵天将,由太岳转向中条,每到一处,见到聚积的洪水,就在低处凿口疏流。日夜不停地开凿,劈山放水哗哗流向大河。从历山到析城山、砥柱、王屋、山脊南北的禹门、龙门、石峡、钟鼓峡等都是大禹领导凿开的出水口。放走洪水的这些深沟大壑山凹,呈现出美丽肥沃的土地,老百姓迁来开垦,播种五谷杂粮,慢慢地富裕起来了。

禹放心不下先帝们曾活动过的圣地——圣王坪。圣王坪四周高中间低,像个很大的酒器鼎爵,淤满了一潭潭洪水。大禹看在眼里,痛在心头。绞尽脑汁在全坪的最低处扎了不少窟窿,等积水漏完后,都加盖上了石板。几年之后,坪顶长起了青草,又恢复了风景优美的原貌。人们为了感谢大禹的功绩,就把这些窟窿叫成"禹井",也称天井。

据说,到商汤王时,连续七年大旱,为救国救民,汤王千里迢迢,起兵发马来到析城山顶圣王坪祷雨。赴汤蹈火为民舍身的精神,感动天神雨伯降下雨来。一声暴风骤雨,哗哗倾注坪里。功夫不大,泻落的雨水越涨越高,一切花草树木被淹,珍禽奇兽无处躲藏。汤王于心不忍,只有祈祷天神保佑,千万不敢淹没了先王圣地。说来也怪,真的禹王降下几条神龙,腾云驾雾飞腾而来，钻入水底，游来窜去，把一个个禹井口上的石板掀去，积水呼呼呼地都从禹井里流下，跑到大河里去了。瞬息间，整个坪里又恢复了本来面目。

人们为感谢汤王祷雨的功勋和挽救圣王坪的功劳，把坪中这些大凹取名为"汤凹"，时间长了，就叫成"平疱"。

胭粉花和米粉花

阳城西南巍峨的析城山又称圣王坪，海拔1889.5米，为本邑第三高峰。犹奇者是周边峭壁嶙峋，只有东西南北四门可通，故称析城，被誉为"天下第一奇城"。更令人奇怪的是山巅周边40华里的地面，百花争艳，光彩夺目。特别是罕见的胭粉花与米粉花遍布原野。曾有诗人赞曰："万斛胭粉种作田，灵花开放碧峰巅；人间未许窥颜色，时有香花落九天。"这稀奇的鲜花是怎么来的呢？还得从商汤王祷雨析城说起。

相传，古代商汤王登基之后，天下大旱，赤地千里，五谷不生，一片荒凉。黎民百姓处于死亡边缘，叫苦连天。治国有方的汤王，爱民如子，眼看着旱象漫延，焦急得坐卧不安，召集百官献策。宰相伊尹聪明，他说："以臣之见，京畿之内析城山巅，先王尧舜禹活动的圣王坪上有个黑龙洞，神水积蓄，深不可测。闻听与九江八河四海相通，是昔日先王祷雨圣地，有求必应，是否请大王劳心一行。"汤王听了感激地说："只要能救下黎民，赴汤蹈火，本王在所不辞！"便速起驾前行。

却说汤王祷雨之时，随从怕娘娘受惊，事先在北山上给娘娘建造了一座避风的梳妆楼，把娘娘安排于楼里。她在窗口向下观望，只见熊熊烈火照红了天，却不见汤王的人影。想到汤王一定是被烈火焚身归天了，情不自禁地嚎啕大哭起来，直哭得眼泪成河，脸上的胭脂被泪水冲的流了满地。侍女解劝不了娘娘，都直直在那里发愣。在娘娘痛不欲生的时刻，一群布衣褴褛的人群，带着祭品敲锣打鼓走上坪来。侍女急忙呼唤娘娘观看，才知汤王还活着，祷雨有应，黎民百姓都来贺喜。娘娘转忧为喜，向苍天拜了七七四十九拜。尔后叫侍女端来脸盆，拿过胭脂官粉，准备梳妆打扮出楼下山，去拜见汤王。在娘娘清洗梳妆完毕，正欲在窗口对镜子抹胭脂搽官粉之时，一阵清风吹来，把娘娘胭脂吹出楼外，散落飘飞雨中，被丝丝细雨浸湿，落在了竿竿青草上。一夜之间，只见坪里满山遍野的草丛中，长出了一簇簇一束束粉红色的花朵来，使人们惊讶不已。从此，人们把娘娘胭脂变成的奇花就称为胭粉花。

话说汤王祷雨结束后，回梳妆楼与娘娘相会，只见娘娘按着肚子呻吟，脸无血色，额前汗珠滚滚。汤王见状大吃一惊。想娘娘身怀有孕，定是操劳过度，又受了大惊，难道要提前分娩？于是，急忙传随行御医入室诊断，御医经过一番仔细脉察，回报汤王道："并非为病，恭喜娘娘要临盆了。"说话间娘娘两腮泛红，顿时腰不酸，肚不疼了，只是"啊"的打了一个哈欠，揉了揉眼，像要入睡，似要下神，微微地笑了，都觉得奇怪。

但没过多时，忽然又弹动起来，几个人也按不住，喊叫肚疼，御医近前准备瞧症，只见娘娘咬紧牙关，呼天叫地，抓墙揪被，张狂得浑身沉重，四肢无力，没了言语，呼哧呼哧直喘气。汤王吓得没了主张，御医忙得手脚不闲，又搂腰又推肚，作助产气功，忙乱了一阵，接产毫无进展。娘娘呢，已累得精疲力竭，昏晕过去了。真是人生人吓死人，人命关天，怎么办呢？

正在这紧急关头，来了一个白胡子老头。只见他身穿粗布补丁衣，脚蹬双鼻黑布鞋，长袍短褂宽袖筒，红光满面。他微笑着对汤王说："君王因祸得福，今日将要得王子。"说着从袖口里抽出一把赤红的木棒，递给汤王，又说："这是玉皇大帝赐的'催生棒'，是米粉花杆做成的，放于娘娘鼻下，闻到米粉香味，引胎顺利降生。"转眼老头就不见了，汤王如梦初醒，一定是神仙相济，照老头的吩咐，把催生棒赶快放到娘娘鼻下。娘娘闻到香味，打了个喷嚏，不到一袋烟功夫，"哇"的一声婴儿降生哭了起来，汤王心里的一块石头总算落了地，在场的人都高兴地欢腾起来。

汤王想感谢那老头，但已不知去向。派差役四处寻找，打听不到音信。谁也想不到这偏远的荒山僻境里，竟会有这样的神奇之士，看来这里真是灵山圣地。

从此，圣王坪四周多了一种神奇的灌木，实心木质，贴着一层褚红细皮，如油漆过的一般。枝头开着一朵朵白花，味道芳香，招蜂引蝶，一簇簇，一丛丛，越长越多。汤王惊喜万分，特意下一道圣旨："催生棒贵在'快'，花白清香，圣王坪繁衍生长，供餐食使用，食花充饥。"为此，人们砍棒做"筷子"用来吃饭，每到米粉花开时，就采集蒸吃，成为山里人的一种佳肴。所以，至今山里人大办小事，还仍砍此木棒做筷子。甚至饭店、酒吧也用这样的"筷子"，既卫生又廉价。

汤王祷雨圣王坪

清同治版《阳城县志》载："析城山在县西南七十里，相传成汤祷雨处。"至今民间仍流传着汤王祷雨圣王坪的故事。

据说，成汤王是殷王主癸的儿子，身高九尺，脸型上尖下宽，黑头发，白面孔，两腮长着落腮胡。看去仪表端正，气度不凡，相貌出众，心肠仁慈。

汤王灭夏取得天下，刚登基几年，接二连三发生大旱。在位十三年，大旱七年。江河断流，草木不生。旱得土焦石化，到处像炽热的火焰，烫得人畜难以生存。老百姓叫苦连天，求雨不应。汤王急得像热锅上的蚂蚁，坐立不安，三天两头召集百官献计，都束手无策。求史官给卜课，要天子做牺牲，才有降雨的希望。汤王说："为了天下黎民百姓的生死存亡，一定要作牺牲，那就只有让我来代替了。"朝野上下的人都为汤王难过，但汤王面不变色心不跳，决心为民请雨。

祷雨那天，汤王身穿粗布白衣，披头散发，腰捆一束引火白草，坐在白色车辇上，四匹白马拉着，离开殷族神土，朝析城山出发，朝臣武士前拥后护，旗幡鼓乐在前，鸣锣开道，号角震天。中间大力士抬着千斤重的三足大鼎。汤王乘坐着马拉车跟在后面，缓缓向前行驶。一路上巫师朗诵着体裁别致的文词，音调凄惨，听起来沉痛悲伤。

翻山越岭来到析城山顶的圣王坪里，只见人山人海，神坛已堆好柴火，祭盆里熊熊烈火红光照天，那几个巫师在盆边忙着安排法事，被火烤得汗流满面。汤王被扶下辇来，低着头默默不语向神坛走去，双膝跪在坛前，双手合十朝天地神灵诚心祈拜："吾一人有罪，休连累百姓，万民有罪，是我一人之过……"。大法师上前，从衣袍袖里掏出剪刀，剪下汤王首发和指甲，放入盆中烧掉，另两个巫师扶着汤王走上柴堆等待天神发落。

巫师在柴堆转周点火，当头烈日高照，周围烈火熏烤，眼看火舌就要吞没了汤王，凄惨刺耳的鼓角声交加。在场的观众都为汤王捏出一把冷汗，正在这关键时刻，奇迹发生了。

一阵狂风从东吹来，阴云密布，电闪雷鸣，顷刻间大雨来临，越来越大，人如水浇。呆站在柴堆上的汤王如梦初醒，愁眉舒展，仰头观望，四海云天，喜雨骤降，洗去了七年旱象！汤王万分喜兴，连声疾呼"天助我也！"在场的百姓都疯狂地欢呼雀跃。

　　为民请雨的汤王被随从扶出柴堆，上轿回朝，祷雨应灵，人人高兴。汤王析城祷雨之举，永传于世，不仅载入史册，而且每逢天旱来祷雨已形成民间风俗，春祷秋报已延续千年。

太甲遭驱又逢召

圣王坪西北山坡上的董甲岭下，有一个山宓，宓里有个积水的池子叫太子池。为啥叫太子池呢？传说着伊尹驱太子的神话故事。

相传，商汤王死后，他的丞相伊尹不辜负先王之恩。为保商朝江山立于不败之地，忠心耿耿的伊尹扶持汤王的儿子外丙继了王位。外丙是个心地善良、聪明有才华的天子。万没料到他没当王的福分，继位不久就染疾卧床，重病之后离开了人世。外丙的儿子幼小，执掌不了天盘，把伊尹愁得一下衰老了许多。经过深思熟虑，认真筛选，才把外丙的同胞兄弟仲壬辅佐起，继承了王位。没想仲壬也是个短命人，当上王位不到三个月，也因病离开人世。

各路诸侯看到短时间内两个天子相继驾崩，就开始了争权夺利的斗争，谁也不理睬王子，纠纷越来越严重。把老丞相伊尹急得吃不下饭，睡不着觉，成了热锅上的蚂蚁，坐立不安。

不过世乱法不乱，还是出不了三朝元老伊尹的掌心。最终伊尹还是推荐汤王的长孙太甲继承了王位，人们尊称太子。伊尹感到，太甲聪明有为，一定能巩固商朝政权，使它代代相传，没想到事与愿违。

太甲继承王位以后，专横跋扈，欺上压下，目无他人。上不理朝臣，下不惜百姓。寻欢作乐，奢侈荒淫，不理朝政。酒兴醉意之时，见到牧民百姓，说骂就骂，说打就打，想杀就杀，任何人不敢进谏，还扬言道："吾为商朝之王，商天下就是我的天下！"就连伊尹也不放在眼里，说什么"伊尹老丞闻见土香了，还能把我怎样！"太甲无道，朝臣无法。忠臣良将忧国忧民，但又想不出对策来，只好找伊尹想办法。伊尹早气得忍无可忍，听了忠心报国的臣相们进言，凭借自己对汤王的一片真心，为保全商朝江山，豁出老命，凭自己素来的威望，决心把太甲割职为民。

却说，伊尹把太甲割职为民后，太甲非常恼恨伊尹，记下了刻骨仇恨，一心想除掉伊尹。太子的杀机泄漏后，伊尹又将太甲驱逐流放到析城山沦为牧民，同奴隶一样对待，派人看管着，强迫他放牧，吃着最下等的饭菜，穿着最破烂的衣裳，让他在艰苦的生活中锻炼。太甲长期在艰苦的环境里，得到了锻炼，增长了智慧，懂得了许多道理。想着自己由皇族升为太子，又由太子削为平民，确有大逆不道之举。伊尹是开国元老，四世为丞，任劳任怨，为国尽忠，为民效劳。自己与他相比，实在太过份了。由此开始，拿起了放牧的鞭竿，老老实实地赶着牛羊放起牧来。早出晚归，渐渐放弃了当王的念头，一心扑在放牧上，准备就此安度一生。

风景秀丽的圣王坪，是祖父汤王祷雨放牧的地方，虽风餐露宿，倒也轻闲自在。有牧群作伴，也不觉寂寞，便渐渐与山水产生了感情。北方三年两头干旱，为使牛羊骡马吃饱饮足，长得膘肥体胖，需要有充足的水源。太甲发现山坡上的低洼地里，地湿浸水。每天赶着牛羊出入坡后，自个儿拿着工具就在那块低洼处挖池蓄水。一天、两天、三天始终挖池不止，果然挖出清冷冷的一股地下水来。太甲非常高兴，又四处找来片石，进行修池，不到半个月的功夫，修成一个又圆又大的水池，蓄满了水，清澈见底。每天晌午，把牧群赶到池上来饮水。太甲望见牛羊倒映在水里的美丽景象，蜻蜓点水，燕飞蝶舞，情不自禁地躺在池岸上咏歌儿。一晃几年过去了，朝中的事儿忘得一干二净。

有一天，突然听见锣鼓喧天，摇旗呐喊来了一群人，把太甲弄得莫名其妙，他做梦都想不到，老丞相伊尹会召自己回朝去重登王位。一听诏旨，太甲高兴得不能自已，就地跪下叩拜苍天，祈祷山神，再谢伊尹。在钦差大臣一行的护卫下，乘八抬大轿回到朝里，老丞相宣诏说："奉天旨之命，太甲能悔过自新，尊旨复职为王，务必勤政廉明，为商朝振兴大业！"

太甲听了复职诏旨，铭记在心。登基穿上龙衣蟒袍，不敢掉以轻心，仍尊重伊尹为相，处处倾听教诲，广听众臣进谏，弃粗取精，绞尽脑汁为民治国。不多久，治理得国富民强，天下太平。安居乐业的老百姓无不欣喜，都赞扬太甲是汤王以后的又一个好帝王。

太甲复职为王的喜讯传来，圣王坪邻近的老百姓更加欢欣鼓舞，把太甲亲手创建的水池，又重新进行了一番整修。为纪念他悔过自新的壮举，取名为太子池。

几千年过去了，改朝换代难以说清经受了多少天灾人祸，太子池的遗迹早已不见了，但在那里仍流传着太子挖池的故事，太甲的名字仍深深印在世人的脑海里。

析城山 "诚应侯"

　　析城山顶的殷汤庙，自创建以来到修建东庙的庙匾上一直挂着"殷汤之庙"。在北宋熙宁年间，庙门上突然挂了一块崭新的巨匾，上边写着苍劲有力的四个大字："诚应侯祠"。这块古今驰名的皇帝赐名巨匾，是谁的功劳呢？是许奉世和王佐。

　　许奉世原来在北宋神宗朝中做大夫官，清正廉明，克己奉公，直言不讳，忠心报国，体贴百姓。奉皇帝旨命，派遣到河东路管计度转运副使公事，到任后，一身正气治理得畅通无阻，得到神宗皇帝的信任。随他前往河东路就职的还有王桓和王佐两人。王桓在泽州分管军事、教育和农业，也是为官一任，治理一方，军纪严明，兴教办学，发展农业，兴修水利，奖励蚕桑。通判王佐智勇双全，更是忠心耿耿。

　　北宋熙宁九年，河东路旱情严重，旱得黄河断流，井干泉枯，草木不生。各州府县民不聊生，背井离乡，讨吃要饭的成群结队，卖儿卖女难以糊口，出现了人吃人的现象，饿死的尸骨沿途可见。在这危急关头，许奉世上书神宗皇帝，为民请愿要祷雨于析城殷汤庙。等不得皇帝下圣旨，召集州官议事，唯通判王佐勇敢，自报奋勇前去。许奉世派出人马、备好供品，让王桓陪同，一行上千人马开往析城山，祷拜山神开恩。通判王佐赴汤蹈火，脸不变色心不跳，为民除灾情愿牺牲自己。祈祷应灵，降下雨来，当年秋天晋地年丰。河东路各地欢庆丰收，许奉世他们也很高兴。

这时，许奉世想到，祷雨应灵，多亏汤王开恩，如何谢恩呢？想来想去，还是与王桓商讨良策。许奉世让王桓上书皇帝，让给析城山神嘉封官衔，王桓不敢贸行，怕皇帝怪罪。许奉世看到王桓胆小怕事，便说："为民祷雨正行理道，祷雨有应理直气壮，有何可怕？你上书请愿，我进朝奏本，皇帝准会发圣旨封爵的。"王桓借许奉世之力，上书请愿。

神宗熙宁十年五月，皇帝开恩，发下圣旨，牒封析城山神为"诚应侯"。圣旨传到王桓之手，不敢消停，找下能工巧匠做匾，请来书法高手，模仿皇帝手迹，书写好后，亲自组织乐队，带领来到析城山汤庙，举行了隆重的挂匾仪式。从此，"诚应侯祠"荣耀山顶，流芳百世。

广渊庙 "嘉润公"

　　析城汤庙，自神宗熙宁十年挂上"诚应侯祠"巨匾之后，官府和邻近各地更加重视起来，年年春祷秋报，社事不断，一有破损就捐资献工补修，一直保护面貌如故。

　　又过去了三十五年，朝奉大夫许奉世已年过八旬，经历了神宗、哲宗、徽宗，成为名副其实的三朝元老。对析城山神有厚朴的感情，在朝中休闲之余，写下了一篇回忆文章，取名叫《析城谢雨文》，写于徽宗大观四年七月十一日，写好后送给徽宗皇帝览阅。

　　徽宗皇帝非常尊重朝中的元老大臣，看了许奉世大夫的文章，深思熟虑后，于政和六年三月二十九日，亲笔给中书省尚书省发了一道圣旨："析城山商汤庙可特赐'广渊之庙'为额，析城山神诚应侯可特封嘉润公！""敕下广渊庙，四月三日卯时礼部施行！"圣旨写好后，太监不敢疏忽，马上送往礼部。礼部尚书接旨登记，派钦差大臣马不停蹄送往尚书省，一级接一级，一直送到阳城县知县手中，阳城知县乱了手脚，经过几天的准备，做成了"广渊之庙"的巨匾横额和"嘉润公"竖牌，油漆得美观大方，横额用隶书，竖牌用楷书，写好用红绸彩帛装好，叫来鼓乐队，送往圣王坪。

一路上，前面鸣锣开道，摇旗呐喊，中间是礼部尚书，省、州、县官坐着八抬大轿，知事指挥抬匾的官差，随后跟着浩浩荡荡的队伍，翻山越岭向圣王坪走去。来到商汤庙前，举行了声势浩大的挂额仪式，礼部尚书宣读了徽宗皇帝的圣旨，然后取旧挂新。商汤庙大门上挂起了耀眼张光的"广渊之庙"横额，汤王殿前檐柱上挂起了"嘉润公"的牌子，给汤庙增添了灿烂的光辉。

庙里庙外人山人海，在宣读圣旨时，上至官员宰相，下到黎民百姓，都双膝下跪，恭恭敬敬静听宣读，而后高呼"皇上万岁，万岁，万万岁！"呼声地动山摇，久久不能平息。挂匾之后，再次叩拜于殿下。接着，官府唱戏三天，进行庆贺。三天之内，人如潮涌，张灯结彩，声震四方。千乡百里的官员百姓都跑来进香。据传，这是汤王祷雨之后，圣王坪又一次惊天动地的集会。

汤王斩黑龙

析城山又叫圣王坪，位于阳城县正南面的横河镇境内。此山闻名天下，有种种神奇的传说。山上的娘娘池、独龙窝、斩龙台更是家喻户晓，老幼皆知，说起汤王斩黑龙来，还有一段惊人的故事。

相传，有一年大旱，汤王带着娘娘及朝中大臣到此求雨。他看见析城山山青水秀，居高临下、地势险要，是一个屯兵聚将、养精蓄锐的理想地方，就决定在这里多住几日。由于汤王当时忙于求雨一事，常常四处奔波，娘娘只好由宫女陪侍。

此山上有个黑龙洞，洞内盘着一条黑龙。这条黑龙独霸一方，经常兴风作浪，伤害民女，害得当地百姓叫苦不迭。

一天，娘娘正对镜梳妆，被游逛回来的黑龙发现，它见娘娘天姿国色，顿起邪念，于是摇坠于地企图戏弄娘娘。

再说娘娘刚梳妆完毕，忽有宫女来报，说是有一少年书生求见，娘娘应允。只见飘飘然走来一位英俊少年，年纪不过十七八，面如敷粉，双目有神，朱唇玉齿，潇幽雍静，犹如九天玉童。见了娘娘三叩九拜行过大礼，问其姓名，他说："小的姓郝名龙，是本山上黑洞底人，承蒙皇恩，特来拜见娘娘。"娘娘听后甚喜，心想：到此路途不熟，有本地人在此，妙哉！为表示谢意，当下娘娘赐于书生好酒待之。书生推辞不过，只得将酒用下。顷刻功夫便喝得醉意朦胧，嬉皮笑脸地上前欲抱娘娘。娘娘见之急躲，并大骂郝龙有欺君之罪。此时正遇汤王回来，见此场面怒发冲冠，抽出宝剑，大喊一声要斩郝龙。黑龙见宝剑放光，吓得冒出了一身冷汗，不由得现出了原形，眨眼变成一条黑色巨龙，正想腾空而走，不料酒已入骨，拖体不起。无奈何，只得在平地爬行。娘娘忽见英俊书生变成一条黑龙，大惊失色，不料左手碰着镜子，掉到地上，摔得粉碎，后来变成了一池水。现在汤王庙前的娘娘池，就是当年流下来的。

汤王当时见一条巨龙跑出，一愣神，才知是龙妖。便立即呼唤过往神灵进行相助。随着追出来和黑龙妖在这方圆四十里的坪上厮杀起来，黑龙妖且战且退，力气渐渐不支，汤王带领兵马紧追不放，愈战愈勇，等黑龙妖扭头想逃时，汤王舞起宝剑正好砍在龙妖尾上。那剑本是降妖宝剑，非同一般。一剑砍下，疼得那黑龙妖把头往地上一拱，竟拱出好几丈深的一个坑子。当遇到石头拱不下去时，它只好爬出深坑到处乱拱，就这样在地上拱出很多深坑，这就是人们说的"圣王坪上七十二个独龙窝"。最后黑龙妖身带剑伤，疼痛难忍，等来到南门外岩石上，正要爬回洞时，空中神灵见已到妙处，便用定身法将它定住，被汤王冲上来举剑斩之，龙头落在石岩上。这就是人们说的圣王坪上的"斩龙台"。

汤王祷雨桑林

　　《阳城县志》有"汤王祷雨桑林"的明确记载。府底村有汤王祷雨的颂词："濩泽久旱三灾夺走粮财命；桑林祷雨六事挽回地天心。"自古以来，阳城民间流传着汤王祷雨的故事。

　　商汤二十四年，濩泽大旱。一连几个月都是赤日天红少见云，来云风刮不下雨。火辣辣的干土地，庄稼种不上，百姓很恐慌。汤王体恤民情，忧民所忧，急民所急，亲驾桑林祷雨，感动天神，民心欢悦，对汤王祷雨之行，颂之不绝。

　　一场秀雨数日，解脱了万家愁苦。汤王欣喜自乐，一身轻松。偕同娘娘登上砥柱高峰，瞭望四野风光山色，东见太行延绵不断，犹群马奔腾。北见太岳气势昂然，若虎踞龙盘。南见黄河长流，像玉带挂天。西见中条诸峰，如直插云霄。江山千姿百态，如醇酒醉人心脾。汤王精神愈振，游兴愈烈，急欲更高一层，观看云上天日。于是下砥柱，返桑林，经出水，到马甲，然后向无名山峰攀登。上得山顶，远眺大小山峦，起起伏伏，似宽波细浪。俯瞰脚下云雾，翻翻滚滚，赛花团锦簇。赞曰："此山峰高风清，灵气透心，乃圣驾宝地，神仙佳境。"砥柱山见汤王在无名山峰，指指点点，笑语不绝，急燎燎往起冒尖，呼呼呼不断上长，意在以高取胜，吸引圣驾。汤王笑曰："既已下山，无暇返回，休得再长。"随之伸手一指，砥柱山骤然停止，不复再长，眼巴巴看着汤王，流下了两行伤心的泪水。

汤王辞别砥柱山，回首细看圣王坪，方圆广阔，一望无边，草木葱葱，鸟繁花荣，快步下山欲往圣王坪观赏。无名山峰见汤王起驾，无法挽留，急得晃头摇臂，气得发疯狂吼。汤王谢过厚意，径直向圣王坪走去。到达坪上一看，又是一番风光。遍地古木森森，隐天蔽日。林间麋鹿奔窜，枝头仙鹤鸣唱，野花五彩斑斓，绿草茵茵如毯。汤王兴致勃勃，居留之心顿生。于是指着密密匝匝的树林说："此乃先祖舜王躬耕圣地，孤王要继先祖足迹在坪上久居，请你们速速让位。"树木一听汤王传旨，不敢怠慢，纷纷各择其地，远离圣坪。有的退到了四周边缘，有的躲到了山脚下。只有桦树留恋生根故地，迟迟不肯走开。三令五申，桦树软磨硬拖，不挪不动。汤王生气地说："人有脸知羞耻，树有皮知死活。难道你是千层桦皮，不听圣旨，不懂礼法？"桦树装聋作哑，死皮赖脸，依然不动。汤王不忍伤它恋土之心，只好作罢。

汤王桑林祷雨，感天动地。砥柱山因盼不回汤王而泪流成泉。无名山因留不住汤王而气得发疯。圣王坪因喜迎汤王幸宿而树木让位。本来是薄皮的白桦树因数落了几句，果真变成了千层厚皮。特别是受过汤王称赞的无名之峰，心气不消，昼夜疯狂怒吼，因而得名风山岭。

江山易主，铭物为证。至今，砥柱山仍然是一年四季泪水涟涟，风山岭依旧是春夏秋冬狂风怒吼。各种树木再不敢到圣王坪上生根繁衍。老大不小的坪野上空空荡荡，除了茫茫青草外，唯独可见的是当年千层桦树留下的后代。

汤王祈雨析城山

美丽的析城山，有许多和商汤王有关的传说。故事美丽动人，凄婉瑰丽，读来引人入胜。商代是一个典型的以农业为主的时期。商朝的政治理念是神权观念，商代统治者"尚鬼"、"尊神"。所奉行的最高政治原则，就是依据上帝和鬼神的意志治理国家。相传商汤即位初期，连续数年，天下大旱，全国农田颗粒无收，老百姓处在水深火热之中。商汤听说析城山祈雨十分灵验，便亲自来到此地，替天下的苍生祷告。

据文献记载，上古祈雨巫术主要是焚火祭天。当作牺牲而被焚烧的有两种人：巫和魍。巫在原始宗教中是天神的使者，所以要用火焚，使其能升天向天神告知旱情，求天降雨；魍是一种残疾之人，据说身躯矮小、腹部高耸，总是仰面鼻孔朝天。上天哀怜这种人，怕下雨雨水流进魍的鼻孔，所以不肯降雨，造成干旱。这样，魍就成了一名招致旱魔的不祥人。之所以要在巫术中焚烧魍，是因为在远古先民看来，既然上天哀怜其病不肯降雨，自然也会哀怜其被焚而降雨人间。在这个仪式中，要使用龙状的祭器并"作土龙"，用龙来通神，求上天降雨。

祈雨开始了，汤王的随从点燃了火堆，巫师开始在那里作法。此时，一个魃，也就是一个长相奇特、身高不足1米的畸形人，被人们捆在火堆中间的柱子上，下面跪着汤王率领的官员。巫师不断地作法，上面被捆的人，就这样在火中升天。最后，巫师也跳入火中，上天去向天帝述说地上的旱情了。这样，祈雨仪式结束。汤王大声地叹了口气，说："苍天呀，一定要快点下雨！"

汤王在析城山休息了几天，但是他的虔诚并没有带来雨水。几天过去了，天空依旧没有下雨的意思，这对于汤王来说可是不祥的兆头。当天晚上，所有的人心情都十分的压抑，但是天空依然繁星满天。

祈雨的仪式已经进行很久了，为什么天还是没有下雨呢？又过了几天，有人向汤王建议，是否可以亲自祈雨？汤王经过再三思量，终于答应了这一要求。

这天又是艳阳高照，万里无云。瑟伴奏的颂开始响起来，原先寂静的析城山开始喧闹起来。只见平坦的草甸上先是出现了随歌声起舞的乐女，她们穿着华丽。在虔诚的舞蹈之中，许多巫师开始行法。商汤的青铜器皿也被带来，烟雾缭绕。随着音乐的节奏，汤王出现了。今天的汤王身穿礼服，显得至高无上。在人类社会发展的图腾崇拜和整个原始宗教泛灵崇拜时期，酒与舞蹈是先民们敬神、通神、娱神的礼品和手段，是人与神相沟通的中间桥梁。巫舞的节奏越来越快。各式各样的酒器也全部摆开。在商代，由于酿酒业发达、青铜器制作技术提高，中国的青铜器制作工艺达到前所未有的高度。当时的职业中还出现了"长勺氏"和"尾勺氏"这种专门以制作酒具为生的氏族。我们今天已经无从知道汤王所用之酒器的形状，但有一点是可以推测的，就是他肯定与天同饮。

仪式就这样进行着。连续几天之后，天空仍旧没有丝毫的下雨迹象。汤王痛心疾首，一下子跪在祭坛之前，对着苍天喊："苍天啊，如果不能救黎民，我将点火焚身，以赎罪过！"他的娘娘听见了，悲痛不已，抽噎起来。就这样，她一直哭泣了三天三夜，泪水流成了一潭清泉，脸上的胭脂被不尽的泪水带着流到了地上，融入了她身边的一种花。这样，她的哭泣终于感动了上天，天上开始乌云密布，下起雨来。地上的人们高兴极了。他们齐声呼喊："汤王英明！"雨水下了一整天，干裂的地面得到了雨水的滋润，人民得救了。

第二天，人们惊讶地发现，在娘娘哭泣的地方，析城山上的雨水都渗了下去，但是那潭水却没有任何改变。地上干枯的花也开放了，这种花枝如细柳，叶似松针，每根枝叶的顶端都有一个奇特的花盘，上面开出许多花来。随着阵阵微风，香气弥漫了整个析城山。人们见到花朵如此美丽，就命名为"胭粉花"。把池称为"汤王池"，后来又称为"娘娘池"。人们都说胭粉花是得娘娘的泪水和胭脂而成，所以至今有许多好事的人想着把此花移植在山下，结果始终没有成功。有当地老百姓说，此花并非来自人间，所以未能下山。还有一种说法，说是汤王的女儿看见父亲祈雨艰辛，所以化作了花朵以鼓励。她不食人间烟火，所以不能下山。

汤帝偶作月下老

相传，汤帝出巡途经阳城伯附村，各方神仙老爷争先恐后都来朝拜，有一个俊俏白面小生也在其中，他人才出众。当汤帝得知他系白龙山胡凹沟白龙庙白龙爷时，便计上心来，将伯附一民间美貌女子指婚于白龙爷为妻，白龙爷便成为伯附的女婿。从此，伯附方圆数十里风调雨顺，五谷丰登。一有旱情，村老社首（村负责人）就带着青壮男子数人，带着乐队，细吹细打，用一顶蓝色无顶轿到白龙庙抬白龙爷。白龙庙门前有一朱砂池，人们随带毛笔一支，蘸朱砂给白龙爷涂脸。涂毕池干，仅有毛笔存一点朱砂（朱砂涂脸是民间耍女婿的一种娱乐），然后将白龙爷抬到伯附汤帝庙中央让太阳晒，经太阳一晒，白龙爷脸上就会出汗，流下来冲淡了朱砂，这时天就下雨了。雨过天晴后，人们再以同样的方法将白龙爷送回白龙庙。

汤王洗脚池与神泉

　　阳城县西冶村南有三沟：东寺沟、水磨沟、西范上沟。水磨沟与范上沟交界处有一庙，名叫汤帝庙。庙西不远处，有一天然小池，积水不多，但不管天旱雨涝水位始终不变。传说汤王当年前往析城山祷雨时，翻山越岭，车马劳顿，十分疲乏。当他来到这个小池边，忙脱下鞋洗洗脚，解除疲劳，却不留心被池边石下的蝎蜇伤，汤王顺手一甩，把蝎子甩过坡南。从此坡北就没了蝎子，而汤王洗脚的小池也被后人称为汤王洗脚池。时至今日，天旱时，村人常来汤庙求神降雨。

　　汤王祷雨途中，天气炎热，十分干燥，走到涧河东岸西岭后，已是口干舌渴。忽然随从报告，前有一泉。汤王一听，大为惊喜，遂命大伙畅饮泉水解渴，就地休息。又命随从在泉周围察看险峻，回报汤王。汤王感到奇怪，平川大地早已旱得地裂三分，如此悬崖川顶上，哪来此清凉泉水？后人流传此泉就

叫神泉。天旱之时，有十二名寡妇一名鳏汉由水官老社带领，手拿宝瓶来此求雨，有求必应，不过三日，就会降及时雨一场。真神！不论天旱雨涝，春夏秋冬泉水深浅不变。此泉如今仍在东冶村西岭后。

汤王会观音

古时，在阳城县流传这样一段顺口溜：阳城县出东门，二十五里到王村；王村村四方方，东观上，西寺上，南观音，北寨上，当中圪夹一个古佛堂。咱这里且不说东观上的奥秘，也不说西寺上和南观音的神秘，还不说古佛堂的奇闻，单说说北寨上汤王爷神奇的传说。

王村村北按五方八卦之位，坎为北方，建永宁寨（俗称寨上），外观就像一座巨大的城堡，高约 20 米，周长约 500 米，易守难攻，为古代村民躲避战争、躲避敌人的进攻而修建的。此寨修建于大明正德四年（1509 年），正殿是汤王殿，供奉的是商朝开国之君成汤。成汤是继尧、舜、禹之后的圣君，他顺应民意，一举伐灭夏桀，救民于水火之中。他网开三面，减免奴隶负担，施行仁政。他身为一国之君，与民同甘共苦，时时以民难为己忧，先天下之忧而忧，后天下之乐而乐。当中原一带干旱严重、民不聊生之际，他不惜千难万苦，长途跋涉，由京都到阳城桑林一带祈雨。因连涛未雨，他便欲焚身赎罪。上苍感动，顿降大雨，万物获救，黎民百姓庆幸。传说他被火烧的胡须变成了析城山上的龙须草。于是，后人把成汤当作能降雨、赐福的神圣而尊崇，流传至今。相传，永宁寨建寨以前，峨眉山有只黑凤凰成精，流入人间，四处作孽，伤害百姓。一日，它来到王村虎山、龙山交汇处潜伏下来，吃王村，厕望川。这黑凤凰嘴朝王村，村内人口不稳，灾难迭至，闹得全村人心惶惶。后被灵泉观老道发现，找到村内人口不稳的缘故：原来是只黑凤凰在兴风作浪。老道多次镇妖降怪，可惜法力根本不是黑凤精的对手。于是黑凤精变得更加猖狂，变本加厉糟害王村的家禽、牲畜，甚至小孩都成了它袭击的目标。此事惊动了南岩寺大慈大悲观音菩萨，观音大怒，当黑凤精再次探头伸向王村时，她佛手一指，调来一座古城堡把凤头紧紧压住，使其动弹不得，双腿蹬在了一个土崖上，两翅双展，一翅伸向老龙腰，另一翅伸向虎山（社坛堆）。观音菩萨给这座古城堡取名为永宁寨，并册封成汤王为古寨正殿老爷，让他镇邪降妖，保一方平安。从此王村才得以安宁，古寨镇妖的传说一直流传至今。

永宁寨和南岩寺中间流淌着常年不息的山西第二条大河——沁河（洎水），它是沿河老百姓的母亲河，养育了一方人。据说，千百年的岁月里，每逢农历二月初二这一天，南岩寺方圆几里之内，总要刮一场奇怪的大风。大风来时凶猛，去时匆匆。大风兴起时，天昏地暗，飞沙走石。大风过后，气温骤降，一片凄凉，给这里的农作物带来灭顶之灾。对于这场奇怪大风的由来，当地的老百姓说不清，道不明。不知从什么时候起，人们便把这场突如其来的大风，说成是天上的"神龙"所为，即"二月二龙抬头，漫天无日狂风走"。对于这一古怪现象，汤王看在眼里，痛在心上，就亲自从永宁寨来到南岩寺同观音菩萨会晤，商寻对策，想方设法制止"神龙"为害一方。当地人为了感谢成汤王和观音菩萨的大慈大悲，每年"二月二"龙抬头这一天之前，老百姓总要带着香火祭品，给成汤王和观音菩萨上香磕头，祈祷他保佑全年平平安安，风调雨顺。天长日久，王村的老百姓从正月初六开始，全村家家户户出人，男女老少上阵，敲锣打鼓，欢天喜地闹红火。善男信女扮演"老鼠娶媳妇"，三天两头在王村的街头巷尾轮番演出，以博得"观音菩萨"的欣喜，免去二月初二带给人们的灾难。每年二月"龙抬头"都要起庙会，唱大戏，虔诚期盼成汤王和"观音菩萨"保佑王村境内黎民百姓，世世代代永宁安康！

汤王游蟒河

相传汤王到桑林祷雨前，曾先后三次到过桑林的前山沟（即现在的蟒河），因他对砥柱山下桑林一带的地理、气候、环境特别喜欢，所以这样选择。蟒河的名字是汤王到桑林祷雨时看到河里大小蟒蛇很多，才定名叫蟒河。

第一次：汤王初游蟒河景　中途干渴命出水

汤王登基后，经常走访民间，与民同苦同乐，君贤臣忠，经过几年，商朝国泰民安，农商发达。一日汤王带着随从，轻装简出到民间走访，一路来到泽城，从泽城到河北，经元岭、孤堆底、圪涝掌、曹山沟、马甲顺沟而下，中途已近中午，烈日当空，大家又饥又渴，汤王要随从们就地休息，吃点干粮，找些水喝。随从们找了一大圈，回来报告说附近方圆几里都找不到水喝。汤王看到大家又饥又渴很是着急，便说："这么高的山、这么大的森林怎么连水都没有？"又指着对面的山崖说："这里为什么就不能有一股水流出来呢？"说者无意，听者有心，汤王的话被正在路过此地的水母娘娘听后大吃一惊，心想我大小也是一路神仙，路过此地凡人是看不见我的，是谁竟知道我路过这里，并向我提出责问。说不定又是天界哪路大仙光临，总之不管是谁，敢如此指责我，说明肯定是有权有势的上界仙星，如若不是上界大仙，绝对不敢有这样大的口气，还是少惹麻烦，赶快放水。便用仙掌一指，当即水桶粗的一股水冒了出来，冒得五丈有余，众人大惊，此水流经泥河、宫上、西冶流入沁河汇于黄河。因为有了水源，不久沿河就陆续迁来不少人家，在此农耕渔猎，生生不息。从此，人们把这道河就叫出水河，把这里的村庄叫做出水村。

此水清纯甘甜，大家争先恐后的喝了个足，吃了个饱，一路来到桑林，在桑林落驾住了一晚。第二天一早起驾直奔蟒河。蟒河气候暑夏含秋，严冬盈暖，四季如春，气候宜人，花卉林木、飞禽走兽与人和谐共存。山上景观随处可见，随从们建议汤王多住几日，游历蟒河山水，汤王便答应多住几日。随后由当地居民作向导，先后浏览了砥柱山、望蟒峰、仙人桥、铡刀缝、窟窿山等，直至大家尽兴才归。

第二次：汤王携种播山萸 言传身教护兰花

汤王到南方访民情时，路过一地，看到有一种树木，果实如同红珍珠，很是好看，当地村民介绍说这种树叫山茱萸，果实不但好看，更重要的是它是补气健身的一种名贵中药材，而且全国稀有，只有他们这个地方才长。汤王感到这地方和他曾经到过的桑林蟒河一带的气候相似，想拿些种子回去，再到蟒河时种上一些看能否生长。当地百姓看到汤王要取种子到别的地方去种，就告诉汤王说："圣上不用费劲，这种树只有我们这里才能长，很多地方都尝试移种，结果没有一处成功。"汤王说："濩泽桑林的蟒河一带，气候和你们这差不多，肯定能种成。"于是，汤王第二次再到蟒河时，特意带上山茱萸种籽，沿着第一次来的路线到了蟒河，第一件事就是带着随从上山种山茱萸树。百姓们看到汤王和随从们都上了山，不知要干什么，都跟上去想看个究竟。到了山上，汤王给大家讲种山茱萸的好处，大家听后很高兴，有的打坑，有的填土，很快就种完了树。返回的时候，汤王对着种下去的山茱萸讲："快快生长吧，让蟒河百姓也能得到好处。"说也奇怪，第二天就有人看到昨天刚种下的树就长出了一尺多高，大家奔走相告，传播喜讯。汤王得知，到山上一看，果真如此，高兴地拍着手说："好！好！好！快快长！快快长！"只见他话音未落，山茱萸就又长了一丈多高，并且都开了满树的金银花，花香扑面，让人心旷神怡。到了秋季，一棵棵山茱萸树上结满了珍珠似的红果实，乡民们无比高兴，都在家里供上了汤王的尊位。

汤王在蟒河走乡串户，遍访百姓，和百姓无话不谈，君民和谐相处，亲密无间。一日汤王在山间行走，忽然幽香扑面，沁人心肺，顿觉心旷神怡，飘飘欲仙，汤王惊问此味从何而来，当地百姓介绍说："这种花卉，名曰兰花。此花生长在悬崖峭壁上，百步之外就能闻到其味，不但有很高的观赏价值，而且有很高的药用价值，能通气理肺，提神健脑，花瓣泡茶可调补肠胃，益脾护肝，明目清志，故常有不法之徒盗挖，现存甚微。"众人带着汤王走到生长兰花的地方，汤王亲自为兰花培土、浇水，看到兰花高雅清纯、芬香扑鼻，很高兴地讲："大家一定要保护兰花，不要滥挖乱采，万不可让其绝种，让这里的人民拥有健康和幸福。"

不知到了哪个朝代，皇帝听说蟒河的兰花最好，就命当地百姓做为贡品大量挖采，多少年后，满山遍野、长势旺盛的兰花都被挖掘殆尽。清朝嘉庆年间，阳城知县秦维峻见名贵兰花快要绝种，为献兰花民不聊生，苦不堪言，便冒死向皇帝上奏此地兰花已绝，才免去了这一苦差。当地百姓为永久纪念这位好官，竖起了绝兰碑，为其歌功颂德。

第三次：濩泽大旱忧黎民　桑林祷雨定蟒河

商汤二十四年，濩泽大旱，赤地千里，粮禾无苗，渴死百姓无数，百姓十分恐慌。汤王获悉，决计亲赴濩泽祷雨，以感天恩，挽救黎民。大臣们有的赞同汤王亲赴祷雨，认为这是汤王的爱民之心，忧民之德，必能感动上苍普降甘露；有的坚决反对，认为正值酷暑，一路艰辛，恐生意外。汤王听后认为后者所言也不无道理，但民为国之根本，身为帝王，就应以民为本，以德施民。因此决定亲赴祷雨，并把地址选在他曾两次到过的桑林一带。他们沿原路日夜兼程，不多日赶到桑林，连夜走访百姓，了解旱情。当晚，汤王走到一个小山前，看到一处灯火通明，便敲门入内，见是一位百岁老翁，白发长须，慈眉善目，仙风道骨。汤王向老人施礼，请教祷雨之法。老翁答曰："南行20里，有个地方叫前山沟（即蟒河），那里有座石人山，山高林深，常有紫气环绕，必有上仙所居，明日先行拜之，求得上仙帮助，再行祷雨，必能成功。"汤王听后再三向老翁表示谢意，出门后心存感激，没走几步再回头看时，刚才的灯光和房子全都不见了，汤王说此乃神仙指路，忙跪下磕头谢恩。

第二天三更造饭，五更起程，汤王带着队伍浩浩荡荡南行20里，来到前山沟石人山，君臣同拜，请求上仙帮忙助祷雨。说也奇怪，祭拜未毕，就刮起了东南风，而且越刮越大，但无论风有多大，所烧香烟却像一根银柱，直线上天，从不随风飘摇，汤王看后连忙命群臣再拜。

返回到下榻之处，汤王下令连夜在花园坪搭建祭坛，第二天正值午时，汤王率文武随从百余人依次登上祭坛，祭祀官宣布祷雨开始，鼓乐齐鸣，鞭炮震天。汤王和众臣跪于祭坛，汤王向上天宣读祭词："天帝在上，臣民在下，吾有罪于上苍，愿上苍归罪于吾一身，重责重罚绝无怨言，但求苍天惜我百姓，怜百姓之苦难，施上天好生之德，降甘露于大地，救黎民于水火，我愿谨遵天命，唯天命是从，呜呼苍天！大德苍天！大爱苍天！子民叩拜……"

汤王先行三叩九拜之大礼，然后众臣和百姓依次叩拜，末等众臣和百姓叩拜完，清风微微刮来，东南方乌云滚滚，随即头顶乌云密布，下起了大雨，百姓们高兴得张口朝天，吸吮着这久旱的甘露，并大呼大叫，苍天不老，汤王万岁！

祷雨成功，一场喜雨连降五日，解脱了万民愁苦。汤王万分高兴，舒心地在桑林休息了几日。一日，汤王出游，一路和娘娘及众臣们说说笑笑，指指点点，不觉来到树皮岭。他们居高临下，北望山岳连绵不断，犹如万马奔腾、虎踞龙盘；南望江河玉带挂天、美不胜收；近看砥柱山、蟒孤峰、仙人桥、窟窿山，山连山，景接景，千姿百态，醉人心扉。再看脚下，一条百里长河，飞花溅玉，滚滚东流，好像一条银色巨蟒。更惊人的是河中竟有无数条黄、白、花、青的各种颜色的大小蟒蛇在河中游戏，汤王看到这种壮观场面，脱口叫到："好一条蟒河呀！以后就把这里叫蟒河吧，不用再叫前山沟了。"从此以后，蟒河各种颜色的大小蟒蛇越来越多，乡民成群结队的来蟒河看蟒观光，非常热闹。

汤王祷雨定蟒河的故事历经数千年，到今流传不息，蟒河也因它的特殊地域和美丽的风景被定为国家自然保护区，被开发成为全国知名的 AAAA 级旅游景区。

羊羔泉神龟助汤王

阳城县凤城镇有个阳高泉村，位于凤城镇东北角的山坡上。传说很早以前，阳高泉及周边景色迷人、风景秀丽，尤其是清林沟一带，绿树成荫、百花齐放，河水四季长流，人们和睦相处，生活美满幸福。在商汤期间，一次连年大旱，清林沟一带突发大火，满山遍野的花草树木一瞬间化为乌有，灰尘漫天飞舞，人们牵着牛马，载着牛皮水袋，一起去灭火，可是一轮轮的水泼上去了，火势仍难以扑灭，人们才发现人的力量太渺小了，熊熊大火根本无法控制，远远望去，依然是一片火海，人们只好乞求上天的保佑。

虽说燃火点离阳高泉村还远，但是燃火点附近的村子可就遭殃了，房子被烧了，人们饥寒交迫，流离失所，部分村民无奈之下便来到阳高泉村避难。汤帝得知火势的严重后，焦急万分，便火速来到阳高泉村高处的岩石上，跪天祈求说："请上天保佑保佑我们吧，大火烧毁的东西太多了，如果我有什么过错，我愿一人承担。请上天快降大雨，扑灭这场大火吧!"长跪了三日之后，汤帝已是腰困腿麻，神情飘忽，但却仍不见雨。这时，天上二十八值日星宿才向天庭禀报，玉帝看到此场景便令东海龙王指派海龟前去灭火，海龟到达着火点后，就从清林沟的河水中取水救火。火灭后，龙王见汤帝爱民如子，便将神龟赐予汤帝，用来帮助汤帝保佑人民。此后，体形巨大的神龟，就静静地安居在半山腰上，俯瞰人间，保佑着天地生灵。人们为了表达对汤帝的尊敬，在阳高泉村的寨圪梁建造了一所汤帝庙（现留下一块石碑，存于阳高泉村委院内，始建年月不详）。神龟也在人们心中代表着平安、长寿，成为一块神圣的平安石，成了人们一年四季祈福的地方，香火不绝。尤其是大年初一，外村、外镇、外乡到此处祭拜的人们络绎不绝。

可惜的是这座汤帝庙经历了历朝历代的风雨，先后两次被毁，至今成为一片废墟，只剩下了外围的烂墙断壁。据传，第一次是火灾损毁，后又修复。第二次是在抗日战争时期，为防止日军占领这个制高点被焚毁。

关于阳高泉村名的由来，还有一段鲜为人知的故事。话说成汤七年大旱时期，阳高泉村也是冬不落雪，夏不降雨，尘埃三尺，井河干枯。百姓身不能存，只得流落他乡。汤帝在析城山祷雨救民，只听天边雷声大作，乌云密布，突然间大雨倾盆。奇怪的是天下大雨，唯有阳高泉村这一块蓝天白云，点雨没有。在这关键的时刻，族长不顾年老体弱，徒步走到析城山拜见汤王，禀报灾情。汤王又二次祷雨，第二天午时，只听阳高泉村后山顶上轰隆一声巨响，犹如天崩地裂，震耳欲聋。村中出现一个深坑，坑里冒出几丈高的水花，水珠上下翻腾，波浪滚滚，入口甘甜细腻，后味醇香。太阳的光彩照耀泉中，便能看见水里有一只摇头摆尾、四蹄弹动的白色小羊羔，忽上忽下，来回游晃，还不时发出"咩、咩、咩"的叫声。人们以为这是玉皇开恩，神羊送水，吉星高照，便将此泉叫为羊羔泉。后来人们开山取石，精雕细刻，把这五尺见圆的泉眼整整齐齐地圈围起来，不少人闻知山岭上有了神泉，纷纷搬来山下居住。

这羊羔泉说来也有点神怪，哗哗的泉水解救百姓度过灾荒后，便由大变小，成为一个天涝泉水不溢流、天旱泉水不下线的恒水泉。那只白色的羊羔像是泉水的主人，一直潜伏在水中，永不消失。人们为了永远纪念羊羔泉的救命之恩，将这个小村庄取名为羊羔泉村。只因年代久远，羊羔泉的真实来历被尘世淹埋。被人们用"阳高泉"三字取代。后来，山岭下开了一个煤窑，岩层破裂，泉水干枯，小羊羔的神影也随之泯灭。至今，山寨石壁直立，干泉尚存，流痕清晰可辨，留下了汤帝求雨、神龟救火和羊羔泉来历的美丽传说。

侍女抗婚黄花池

圣王坪旗杆岭西头坡边有一汪水，已被泥土淤得很小很小，人们称为"黄花池"。这名字是咋唤起来的呢？

相传，商汤王成婚后，娘娘身边有一侍女叫黄花。黄花姑娘长得苗条俊俏，跟随娘娘形影不离，百依百从，非常勤快，很得娘娘的欢心。娘娘把她当作贴心侍女，倍加器重，比对自己的亲生女儿还要亲。黄花姑娘早年失去父母，把娘娘当作亲生母亲侍候。

汤王祷雨桥城山时，黄花姑娘陪娘娘随行。祷雨是件舍身为民的大事，娘娘放心不下，黄花姑娘就在娘娘身边给娘娘宽心仗胆，烧香拜神保佑。汤王祷雨成功后，和娘娘在梳妆楼住了一段时间。黄花姑娘扫天刮地，洗衣涮碗，端菜递水，忙着侍候汤王夫妻。男大成家，女大当嫁。时间一天天过去，娘娘眼看着黄花姑娘由一个黄毛丫头，已长成十八九岁的大姑娘，却对自己的终身大事只字不提，光懂得干活，从早忙到晚，脚手从不闲。汤王和娘娘看在眼里，急在心头。

娘娘天生就是慈母心，黄花姑娘的终身大事一直是一块心病。天天看见黄花姑娘进进出出，就暗自想：这么聪明贤惠的姑娘，怎么这样傻呢？光阴似箭，日月如梭，青春一闪而过，永不复还。人生在世一闪念，不如花草会复生。花开能有几日红，青春年华很有限。这姑娘怎么连这点道理也不懂呢？思前想后不能迟疑，还得给她作主。

一天，娘娘向汤王提起黄花姑娘的婚事，汤王也觉得是件大事。夫妻俩连日来夜思梦想，老在谈论黄花姑娘的婚姻大事。最终想出一个良策。汤王让娘娘早朝时，带黄花姑娘上朝，在文武百官中选一位作丈夫。当晚娘娘把黄花姑娘叫去，把选婿之事向黄花姑娘言明，让她作好思想准备，擦亮眼睛，明日百里挑一。而黄花姑娘只是发笑，并不表态，默默无言。娘娘以为姑娘害羞，也不当成事，就安歇去了。

第二天汤王登朝前，娘娘不见黄花姑娘的面，便来到她的住处，叩门盼咐她早早起来梳妆打扮，准备上殿选婿。娘娘呼唤多时，不见应声，推开门进去一看，家里的东西摆放得整整齐齐、清清楚楚，却空无一人。娘娘忙让其他侍女寻找，眼看早朝出班，仍没有音信。这下惊坏了娘娘的凤身慈心，忙派侍女上朝禀报汤王。听到禀报，汤王龙颜变色，辞朝令全班文武大臣出动寻找。找来找去，大半天过去，仍找不到黄花姑娘的踪影。

就在这时，有人上报说看见旗杆岭西南，有只特别大的黄蝴蝶飞舞。眼看着绕娘娘池转了几圈，朝南消失得无影无踪。根据迹象，人们跟踪到旗杆岭西边，只见水池里有一条黄蛇，由水面盘旋深入。大家都觉惊疑时，娘娘在悲伤中幡然醒悟，泣不成声地说："黄花姑娘一定是固守贞节不愿婚嫁，我珍惜她青春，劝她选婿婚嫁，万没想到她会以死抗嫁。"黄花姑娘死后，娘娘要求汤王给黄花姑娘举行隆重祭祀，让她的灵魂升天为仙。汤王为讨娘娘欢心，命人在水池边搭起灵堂，从池里取出尸体，沐浴干净，穿戴好衣冠，入棺祭奠了三四十二天，昼夜香火不断，经咒不绝，超度黄花姑娘的英灵赴西天龙花会修仙。并在水池前的山岭上选下坟墓，厚葬安息。汤王亲口将黄花姑娘殉节的水池命名为"黄花池"，葬身之地命名为"黄花岭"。

说来也神奇，自汤王命名"黄花池"和"黄花岭"之后，这两处山坡尽长野菊而盛开黄花。黄菊花和胭粉花一样，像并蒂姐妹，给析城风景增添了特色。还有一点值得说明，因仙神灵气，每遇天旱，牛心洼村的民众只要把黄花池清理一遍，就会降下雨来。

汤王灭火火焰腰

　　清朝咸丰年间，山西省阳城县发生了王发囤闹盐粮的历史事件，震惊朝野。王发囤的故里碾腰庄，是北门登圣王坪的必经之路。从碾腰顺岭向南走到坪根，有一块东西狭窄的山腰，名叫"火焰腰"。这名字是怎样来的呢？

　　相传，成汤灭夏桀迁都今河南偃师后，连续七年天下大旱。第五年中原旱得土焦石化，天火自燃，风助火旺，火借风威，越烧越大，火很快连成一片，势不可挡，火到之处，村庄被烧毁，人畜被烧死。汤王看到刚刚建立的国家，眼看就要被天火烧光，急得上天去祈求玉皇救火。

　　汤王出京都朝北走，寻找最高的山峰。他相信山越高离天越近，走一山又一山，一山更比一山高。当他爬上王屋山天坛时，望见析城山更高，就顺大乐岭上析城山主峰圣王坪去。刚登坪就望见东北部天火通红，汤王不顾自身安危，不停地朝前走去。走出北门时，看见山腰火焰像猛兽的血盆大口，挡住去路，火舌一伸一缩，老远就烘烤得他汗水直冒。当他正要往前走时，被土地神拦住说："你为啥要来闯火焰呢？"

汤王说："我刚建立的国家，将要被天火烧毁，我要上天祈雨灭火。"

土地神听了汤王的话，很受感动，同情地说："你忧国忧民治理天下，赴汤蹈火为民免灾，真是当代贤王。但你有所不知，你的黎民，只知享受，忘记节约，用黄蒸疙瘩垫地墚，白面烙饼垫屁股，玉皇派太上老君查获，才放火烧了中原。"汤王听了自心有愧，不敢去找玉皇，求告土地神帮忙。

土地神拿出阴阳扇"唰"地展开扇了扇，瞬息间飞来好多鸟类，遮天盖地向东海飞翔。他们噙着水来了又去，去了又来，把噙的水喷洒在烈火上。数不清的水点像倾盆大雨，水点落到哪儿，哪儿的火马上熄灭。

汤王看着圣王坪东北部的火焰全被扑灭了，但见析城山南部还是浓烟四起，火光冲天，他急忙奔向南天门。汤王走到哪里，鸟类噙水就飞向哪里。汤王登临南天门一看，八百里长的中条山之阳，火势更大。急忙求鸟类快快噙水灭火。没想到成群结队的鸟儿，把噙来的水喷洒下去，正好浇在施火烧山林的太上老君头上。气得太上老君勃然大怒，要惩办鸟类。汤王获悉，前去与太上老君讲理。汤王直言不讳地说："你身为天神，庶民有罪是我为王之过，为何要放火烧掉所有生灵？看害得黎民多苦啊!"说得太上老君张口结舌,无话可说,才用鞭灭掉天火。

这场灭火战中,汤王亲临指挥,看到所有禽兽都很出力,只有乌鸦和喜鹊噙来的东西,丢在哪里,哪里的火就更旺。汤王细心观察,原来乌鸦噙的不是水,而是油,火上加油烧得更旺;喜鹊噙的不是水,而是柴,火上添薪烧得更快。灭火之后,汤王论功行赏。乌鸦和喜鹊等着获奖,汤王宣布:狗出力最大,评为头功,奖给一苗九头谷穗,狗从此以种植为生。依次奖到最后,汤王怒发冲冠地说:"奖励完毕,现重罚罪恶昭彰的乌鸦和喜鹊,他们不但不救火,一个敢火上加油,罚她三伏天不准喝水;一个敢火上添薪,罚她数九天不准入巢。"从此,乌鸦三伏天渴死,喝上水就从脖子下的窟窿里漏掉,只好干"啊啊"。喜鹊数九天不得归窝,站在雪地里叫"喳喳"。善良的狗,谷穗被庶民骗去,又去求汤王恩赐,汤王正在火头上,随口说:"给了别人你去吃屎!"直至现在狗喜欢吃屎!

现在中条山南麓尽是火烧的红沙坡,地层经过烘烤,变成金银铜铁矿层。岭边烟熏的地方全变成灰沙坡。山下没被烈火烘烤,仍埋藏着许多煤矿,人们为感谢汤王救火的恩德,把汤王灭火的山腰叫"火焰腰",和太上老君讲理的山腰叫"紫沙腰"。

巨蟒与柱甲洞

圣王坪北门外全是绵延起伏的崇山峻岭，矿石腰向东延伸的一条山岭以盘旋的道路得名，叫盘道山，全长 10 公里，其南端悬崖有一岩洞，人称柱甲洞。洞中有一根通天接地的粗大石柱，还有自然生成的龙床、龙泉等景致。民间传说，这石柱是由巨蟒变成的。

传说成汤王在来圣王坪祷雨之前，是中原一个游牧部落的首领，曾游牧于圣王坪。他喜欢云游山川，济困扶贫，为民排忧解难。

有一天，成汤王带着几个牧民云游盘道山，向东一直走到尽头，观览中华山风光胜景。忽听得山脚下传来阵阵吼声，他惊奇地领着随从攀岩直下看个究竟。只见有个山洞，洞口盘着一条巨蟒，张着血盆大口，氤氲生风，吹得对面草摆树动，腥味浓臭，呛得人头晕脑涨。巨蟒的两只眼睛闪闪发光，暗绿雪亮，刺得人眼都睁不开。眼看巨蟒就要行威伤人，一个武士张弓拉箭，只听"嗖"的一声，巨蟒"乒乒乓乓"甩打多时，"当啷"一声没了动静。汤王命随从上前察看，见巨蟒已头栽地尾朝天直立在洞的中央，变成了通天大石柱。随从回报汤王，汤王要亲临洞中分辨真伪。随从护卫汤王徐徐前行，火把照得洞中通明，如同白昼。汤王四下观看，发现巨蟒变的石柱已将洞分成母子两洞，一大一小。汤王沿洞越走越深，走过乱石滩，爬上石头坡，进入龙宫蟒所，龙床、龙泉出现在眼前。望着这一切，汤王忽然火冒三丈，两肋生烟。啥事惹得汤王大动肝火呢？

原来，在盘道山周围，有十几个山庄，住着勤劳善良的农民。这些农民一年四季在山坡梯田里辛苦耕耘，年年都是五谷丰登。近两年，突然灾难不断，不是风灾，就是水灾。一次雷电交加的时刻，有人亲眼看见一条黑色巨蟒，在云雾中盘旋搅动数遭之后，钻入洞里。从此，农民恐惧万分。起初，经常见它躺在洞边放风晒太阳，四处游动着捕吃飞禽走兽。后来，竟敢偷吃农民的家禽六畜，吃得路断人稀。

今日巨蟒虽被除，但其后裔仍在，小蛇长成大蟒，照旧要伤人。为民除害须斩草除根。汤王派随从在洞中四处搜寻，见一条杀一条，抓一个杀一个，用了半晌工夫，将巨蟒灭门断种，汤王累得筋疲力尽，口干舌燥，支撑不住，就地躺下休息。

随从们有的守护，有的去寻水。摸到洞的尽头，在龙泉里端来神水，叫醒汤王饮用。神水入腹，汤王顿觉精神爽快，此刻天色已晚，准备收兵回营。走到洞的出口处，汤王举目审视巨蟒变成的那根柱，思索了良久，语重情长地说："敲鼓听声，撞钟听音，人过留印，活人留名。我等此行，为民除害。巨蟒变柱，永留后人；因祸得福，造下一景。柱奇居首，就取名为柱甲洞吧！"随从异口同声拍手叫道："好！"

从此，每年二月二日来此游洞的文人墨客、平民百姓就特别多，有的人流连忘返，情不自禁留下诗篇，其中有一篇写道：

山明水秀生古洞，奇形异墙实可观；

石人石马通天柱，土山龙床任我览。

梳妆楼

　　圣王坪新汤庙背后，椭圆形的山头叫庙圪堆，北门口与高圪堆之间低凹的岭口叫梳妆楼。为啥叫梳妆楼呢？还得从汤王祷雨说起。

　　相传，成汤王灭夏称王后，天意不济。在位十三年，就大旱七年，赤地千里，草木不生。土焦石烂，民不聊生。汤王爱民如子，急得心如喝了红油，召集群臣献策，听从心腹丞相伊尹进言，来析城焚身祷雨。

　　当时，析城山处于女娲补天后没多久，禹王治水路过，派神工鬼匠治理的初级阶段。还没有像样的道路，崎岖的羊肠小道曲曲弯弯，枯木杂草一人深，蛇蟒出没，豺狼挡道。到夜间，狼嚎鬼叫，妖魔遍野。加之旱象严重。汤王这次出行，安全是最大的问题。不随带娘娘如何是好？带上娘娘侍女家眷，没个遮风挡日的地方怎行？伊丞相派钦差大臣提前到山上，在北门与高圪堆之间的山腰修筑了一座两层木式结构的小楼。下为侍女使用，上供汤王和娘娘安宿。山高地显，远处望去甚似仙山琼阁，近处细看四边出檐，都有走廊过道。可以散步乘凉，观景散心。

那怎么又叫成梳妆楼了呢？

相传，汤王娘娘随汤王祷雨来到山上，就居住在这座楼上。每天早晨起床后，侍女黄花姑娘打开窗门，给娘娘更衣梳妆。没过多久，汤王祷雨有应，便收兵回朝，娘娘和侍从也恋恋不舍地辞楼而去。人走楼空宿鸟多，游人稀至楼尽闲。

有一天，风和日丽，一个牧童见王母娘娘在几个仙女陪同下，驾着一片彩色祥云飘然而来。王母娘娘扒开云朵往下一看，绿油油的草甸上，百花点缀得花红柳绿，太好看了，情不自禁地拍手称快。飘入楼廊，攀栏漫步四处观揽胜景风光。牧童感到惊奇，跑回去同大人们说了，都不相信。要牧童带他们去观望，真的如前所说。每天早晨日出东山，站到远处山头，可隐隐约约地看见楼上窗前有几个侍女，给王母娘娘梳妆打扮。跑去登楼查看，啥踪影迹象都没有。这件怪事，一传十，十传百，传的千乡百里的人都知道了，议论纷纷，都说神仙下凡来了，在坪山高圪堆楼上梳妆打扮，日每如此，唤来唤去唤成了梳妆楼。

圣王坪周边没有蝎

　　谈起蝎，其毒比蛇有过之而无不及，于是谁要猛叫一声，大人们便说："我以为你是让蝎蛰了一下"，真是谈蝎色变。但析城山方圆四十里没有蝎，横河、杨柏等山里人尽受其益。这是为什么呢？有两个传说。

　　一是神鸡吃蝎。古时候圣王坪周边的蝎子特别多，百姓苦不堪言。还是与这里有特殊感情的汤王爷劝动天神，派神鸡下凡捕捉消灭这一带的蝎子。神鸡下凡后，根据蝎子昼伏夜出的习性，每天晚上出来捕食，天一亮就落在南边的山头上休息。这样不到半年，就把圣王坪周边的蝎子吃得干干净净。然后又沿着圣王坪北麓一路吃去。一天晚上在暖迲村，才吃了南半村，天就要亮，神鸡刚打算收工，突然被一个早起的老羊倌发现，并且被他不知就里地打了一棍。神鸡负痛大叫，腾空向南飞去，落在盘亭河千峰列嶂最南端的山上，后来化作一个酷似大公鸡的山头，名曰鸡头山。从此，圣王坪周边没有了蝎的侵扰，暖辿村更是奇怪：北半村有蝎，南半村无蝎。

二是汤王甩蝎。汤王在圣王坪上耕猎那会儿，小女儿被蝎所蛰，疼痛难忍，几乎丧命。汤王爷一把抓起蝎子向坪下甩去，从此，圣王坪周围四十里之内没有蝎子。

如今进入圣王坪周围山区休闲度假，可一百个放心，不必害怕会有蝎子的侵扰。

独龙窝和斩龙台

　　相传在很久以前，天宫的小白龙遇见一个能招会算的老道太白金星，他让太白金星算算明天下什么雨，如果算对了，我封他做神仙，若是算错了，就定死罪。老道招指一算说，明天下的是和风细雨。小白龙心想，我在天宫就是管下雨的，我定看看你算的对不对。于是小白龙对老道说，明天见证。小白龙为了捉弄老道，便拿起笔把和风细雨改成了疾风暴雨。到了第二天，天空便下起了疾风暴雨，小白龙和老道相约后问老道，你算错了吧，要定你死罪。老道说：且慢，等一等。不多一会，老道便说，我刚刚又算了算，该定死罪的不是我，而是你小白龙。小白龙问，为什么？老道说：我这卦中算到你私自修改雨历，违了天条，你已被定了死罪。语音刚落，天空就传来声音。"小白龙，你私改雨历，犯了死罪，后天午时斩首。"小白龙这时急了，这该怎么办呀，谁能救我？保住我的性命呀！老道指点说，能救你的人不是没有，这个人和斩首你的执行官魏征是老交情、好朋友。只要找这个人拖住斩首你的执行官超过时辰，你就能活命。小白龙急问，他是谁呀，你快说。老道告诉小白龙他就是大名鼎鼎的李世民。小白龙想尽办法找到了李世民，求得了李世民的答应。处决小白龙这一天，李世民约处决小白龙的执行官魏征有要事相谈，执行官就会见了李世民。为了拖住执行官超过斩首时辰再走，以救小白龙一命，李世民说，也没啥事可谈，你和我下几盘棋吧，执行官说可以。两人就摆开棋子开始了。下了一会，执行官就在棋盘上睡着了。李世民心想也好，只要他睡的超过了时辰就行了。果真，执行官一睡就是三个多小时，而且睡得很香，满头大汗。李世民看到已超过时辰一个多小时，认为这件事办好了，小白龙得救了。

突然，执行官醒过来便说，终于斩首了，累坏我了，处决一个天条犯，费了这么大劲。李世民忙问，怎么一回事。执行官说，我奉命到圣王坪斩首犯天条的小白龙，斩一下小白龙，钻一个大坑从地底下就跑了，再斩一下，还是如此，我连续斩了360次，却得到了360个大小不同的土坑，也没有处决了这个罪犯，最终还是在一个大台阶上把小白龙斩首了。李世民说，我请你下棋就是想救小白龙，我以为你睡着了，过了时间小白龙就有救了。谁知你暗地里就去把小白龙处决了。执行官说，你不早说，这我还真对不住你了。

就这样圣王坪上留下了 360 个大小不同的坑凹，人们流传叫独龙窝。斩首小白龙的那个台阶也就得名斩龙台。

孔池成汤庙

　　孔池村南有一条小河，过河上山，山为东西走向，西高东低，长约 1.5 公里，西侧山顶是孔池村的制高点，东侧有一个平缓的圆场，因古时修庙，名曰庙岭，这个庙就是孔池村先前的成汤庙。所以，原先修庙的山头如今仍叫"成汤圪堆"，下面的山崖叫南城岩头。据光绪年间出生的老人陈世禄（文革前原阳城县志办副主任，已去世）记载，孔池村古有"成汤看田"之说。

　　相传，古时候由于村南山上森林茂密，野兽常常下山毁坏庄稼，伤害百姓。巫师观看地形以后，说只有成汤老爷可以镇住此山。于是，人们就在山顶东侧的一块平地上用石头修起一座小庙，叫成汤庙。敬奉了成汤牌位，果然山害再不下山祸害百姓，村民逐步在山上开荒种地。

　　后来，百姓感恩神灵保佑，在庙里塑了汤王像，不仅逢年过节上庙祭祀，而且村里水官老社，经常到成汤庙议事，解决民间纠纷。时间一长，大家总觉得路程远，山坡陡，办事极不方便，如果把庙修得近一点就好了，于是便请来风水先生选择新庙址。风水先生在村周围山上山下细细观察，选中了村东人们习惯于叫做东城岩头的小山顶。村里百姓便在这个山顶圈起一亩地大的圆形庙基，修起正殿，请先生择吉日到南城岩头成汤庙去请成汤爷的牌位。当人们抬着牌位过了小南河，上到村南面的石崖上时，原来很轻的牌位突然变沉了，大家感到抬不动，赶快请来先生。先生到此一看，大吃一惊。"如此好的风水，我怎么没有注意到？"遂又用罗盘测定方位，重新修建成汤庙，就是现在成汤庙的位置。（而原计划修建成汤庙的东城岩头，后来在原基础上修了一个寨子，每遇到兵荒、土匪作乱，全村人便躲进寨子里，如今被称为寨圪堆。）

汤王洞　出水村

　　传说商成汤灭夏在山东曹县一带建都以后，一路向西扩张。来到今山西中条山东麓，这里气候温和，桑树成林，故称之为桑林。汤王到此，恰与当地连续数年干旱，土地干裂，民不聊生。汤王在析城山上明明听到哗哗的流水声，山下却滴水不见，于是他便率民众来到山下，凿眼寻水，要把山里的水凿出来。数日后，在汤王凿眼的地方，突然涌出一股泉水，而且越来越大，顺沟而下。汤王和民众欢呼雀跃，顺着河水向下奔走。此时，烈日当空，大家便信手从路边揪下树枝细条，编成圆圈戴在头上遮阳。没想到这一下坏了，没走出五里路，河水在浇灌了一片萝卜地以后，一下子就没有了。上面哗哗流水，这里却干巴巴的。他们沿山谷继续向下走去，一直走了近十里路，依然无水。于是汤王请来巫师占卜，那巫师设坛祭天后说："这里大旱原本是山民烧山，冒犯天条，如今汤王一片诚心感动了上帝，才让泉水出山。不料你们见了一点水，就忍不住一点日晒，所以河水只能流到种萝卜的那庄上。"汤王问道："那现在该怎么办？"巫师道："上天要求必须把路上带头揪下树枝的山民作为牺牲祭天，方可警告山民遵守天条。"那些山民听了，一个个面无血色，纷纷跪地求饶。此时，汤王站起，说："我是你们的大王，千错万错，都是我的错，怎么能让大家受累呢？请大家速去多取些干柴来。"说完，吩咐随从在山崖下焚香设坛，随即请人为自己剃头，净身，整理好衣冠，对天拜了三拜，说："汤不才，对民众管教无方，如今犯下天条，冒犯天庭，无论过去有多少罪过，汤一人承担，与万民无干。今汤愿作为牺牲，以敬天庭，望上苍速速降下甘露，以救众生，汤不胜感谢也。"话毕，自己攀上柴垛，盘坐中央，命点火，众人不忍。汤又下令，巫师才领人在四周点燃柴火，大火迅速燃烧。众人纷纷跪倒在地，嚎啕大哭。突然，天空一条闪电，顿时雷声大作，雨水倾盆而下，浇灭了大火。众人急忙去扶下汤王，此时，在设坛的地方，又涌出泉水，清澈甜润。

从此，人们便将这里叫做出水，将出水的山洞叫做汤王洞，人们逐渐在这里安家落户，村名就叫出水村，上游种萝卜的村子起名萝卜庄。到现在为止，石窟上的泉水直流到萝卜庄就没有了，再往下走近十里路，到出水汤王洞才有水，如今蟒河镇靠台头的十几个村子，都饮用的是从汤王洞抽上来的自来水。千百年来，只要遇到天旱无雨，附近的百姓就要抬上供品到出水祈雨。涧河下游的西冶村更是依靠此水，发展了大片的水浇地。据说在解放前，西冶村的村民对出水村的村民特别友好，出水村的大人小孩到了西冶村，都当娘家亲戚看待，招待非常热情，因为西冶村就是靠那一股水生活。

后　记

　　《商汤在阳城的传说》继《阳城汤庙》和《阳城汤庙碑拓文选》之后，又从另一个角度为读者敞开了一扇观察和认识商汤文化的窗口。商汤析城祭天祷雨在阳城历史上留下了深深的烙印，由于时代久远，岁月尘封了许多实证，留下更多的是民间口口相传的故事。

　　为开展阳城商汤文化的研究，我们于三月中旬在媒体上发出了征集析城山历史传说和民间故事的启示，应者踊跃，一个月之内即征集文稿340余篇。我们在其中选取部分有关商汤在阳城的传说，经过加工润色，付梓出版。

　　为本书供稿的人有王瑞林、田帆、刘善、李锁明、张茂银、张继龙、陈吉镇、原长林、曾芳惠等同志，他们对商汤文化的热爱及对相关传说进行搜集整理的认真态度令我们钦佩。由于时间紧迫，不当之处在所难免，还请广大读者提出宝贵意见，并继续关注和支持我们的征稿工作，使商汤文化宝藏得以进一步挖掘。

编　者